HISTORIER
&
TANKER I

Tenkeren

George Manus

Andre bøker skrevet av George Manus

TANKER,   Norsk
THOUGHTS,   Engelsk

REFLEKSJONER I,   Norsk
REFLECTIONS I,   Engelsk

REFLEKSJONER II, Norsk
REFLECTIONS II,   Engelsk

REFLEKSJONER III, Norsk
REFLECTIONS III, Engelsk

EN KVINNES MANGE FLYTTINGER,   Norsk
A WOMAN'S MANY MIGRATIONS,   Engelsk

HISTORIER & TANKER i,   Norwegian
STORIES & THOUGHTS I,   English

INNOVATIV AND CREATIONS, English

70 ÅR I KOMMUNIKASJON - om MAX MANUS firmaene, Norsk

WORDS FOR THE ROAD - ORD MED PÅ VEIEN I   Eng. Norw.
WORDS FOR THE ROAD - ORD MED PÅ VEIEN II   Eng. Norw.
WORDS FOR THE ROAD - ORD MED PÅ VEIEN III Eng. Norw.
WORDS FOR THE ROAD - ORD MED PÅ VEIEN IV Eng. Norw.
WORDS FOR THE ROAD - ORD MED PÅ VEIEN V   Eng. Norw.
WORDS FOR TGE ROAD - ORD MED PÅ VEIEN VI   Eng. Norw.
WORDS FOR THE ROAD - ORD MED PÅ VEIEN VII Eng. Norw.
WORDS FOR THE ROAD - ORD MED PÅ VEIEN VIII Eng. Norw.
WORDS FOR THE ROAD - ORD MED PÅ VEIEN IX Eng. Norw.
WORDS FOR THE ROAD - ORD MED PÅ VEIEN X   Eng. Norw.

TANKEVEKKERE - 1001 korte refleksjoner,   Norwegian
FOOD for THOUGHT - 1001|short reflections, English

217 REFLEKSJONER - Refleksjoner over stort og smått,   Norwegian
217 REFLECTIONS - Reflections on big and small,   English

Du er hjertelig velkommen til å sitere fra boken, med respekt for loven om opphavsrett.

Forfatter: George Manus
Copyright: George Manus
Design og layout: Ole Praud
Illustrasjoner: Laura Hamborg

Tryk:
BoD – Books on Demand, Norderstedt, Tyskland

Forlag:
BoD – Books on Demand, Hellerup, Danmark
http://bod.dk

Georges nettbokhandel - www.georgemanus-books.com
George Manus kunst nettbutikk - www.georgemanus.com
Georges Innovation- og hub nettsted - maxmanusinnovation.com

George Manus e-mail: info@georgemanus.com

Desember 2023

Utgave 2

ISBN: 9788743013792

Forord

Boken er fortsettelsen av mine REFLEKSJONER I - II og III, men isteden for å gå videre til nummer IV, har den fått en ny tittel: "HISTORIER OG TANKER I". Den er utgitt i et mindre bokformat med halvert innhold, mens stilen er den samme.

Jeg har dedikert den til tankene, ettersom intet kan skrives uten at det ligger tanker bak. Tittelen dekker derfor etter min mening innholdet. Les refleksjonen "Tanker" fra side 7.

"Tanken er tollfri", heter det. Det er viktig å feste seg ved det. Det er et privilegium vi alle har som mennesker. Tankene har du for deg selv og ingen kommer noen gang til å få vite hva du tenker, hvis du ønsker å holde det for deg selv.

Tankene er for meg som damp i en trykkoker. Spesielt når det gjelder tanker som jeg lenge har gått og ruget på. Ut skal de i en eller annen form og ut kommer de som regel. Men, heldigvis, det gjelder kun de som jeg ikke ønsker å holde for meg selv.

Jeg takker Anne Schild for hjelp med språket, Laura Hamborg for illustrasjonene og min venn Ole Praud for konsulentarbeidet.

Bildet av skulpturen på første side er Le Pensure, Tenkeren, skapt av Auguste Rodin.

Syd Spania
Desember 2023
George Manus

INNHOLD

TANKER
Oktober 1995

Er de bare der, eller er det noe vi gjør for å få dem frem? Min erfaring er at det er vanskelig å holde orden på dem og det har kanskje noe med konsentrasjonen å gjøre.

Tankene farer forbi som i et eneste flimmer. Når jeg sier det, så er det fordi jeg føler at det er et markert samspill mellom tankene og det synsbildet jeg har på netthinnen.

Har aldri spurt andre om de har det på samme måten.

Det er et under at tankene til tider ikke koker over, men hvor skulle de i så tilfelle gjøre av seg?

Likevel føler man det til tider som om tankene er som damp i en trykkoker. Spesielt når det gjelder slike tanker som man lenge har gått å ruget på. Ut skal de i en eller annen form og ut kommer de som regel.

Kan for eksempel et raseriutbrudd være selve sikkerhetsventilen for oppsamling av aggressive tanker?

Er man helt avslappet og bare lar tankene flyte, hvilke tanker er det da som får prioritet og hvilket sinnrikt system er det som prioriterer?

Er det her underbevisstheten kommer inn? Er den bare et annet lager for tanker?

Er det slik at hvis man ikke bevisst fortrenger spesielle tanker, så vil man stort sett sitte igjen med en jevn fordeling av de forskjellige typer?

Det er nå unektelig hyggeligere å mane frem de gode tankene enn å baske med en overvekt av de vonde. Det siste kan lett bli en stor belastning hvis det går over tid.

Spørsmålet er bare om det er så lett å styre dette?

Her tror jeg det er viktig at man selv er i rimelig god balanse og at man på en måte har en plattform å stå på, som ikke er for glatt og som gir rimelig godt feste for føttene.

Tanken er tollfri, heter det. Det er viktig å feste seg ved det. Det er et privilegium vi alle har som mennesker, dette at vi kan ha tankene for oss selv.

Ingen kommer noen gang til å få vite hva du tenker på, hvis du ønsker å holde det for deg selv.

Det å dele tanker med andre kan være godt.

Hvor ofte sier man ikke: "Tenk på den gang … " Her henviser man til tanker om et eller annet, som det forutsettes at den man henvender seg til også har vært med på, eller hørt om.

Når man er utsatt for at noen leser ens tanker, eller at man selv føler at man kan lese andres tanker, så er vel det mer tilfeldig, eller det fremkommer som et resultat av at man er nær knyttet til vedkommende og derved er vant til å lese vedkommendes kroppsspråk.

Kommer i forbindelse med tanken til å tenke på hvor godt jeg har det akkurat nå. Ligger her og slapper av etter et varmt bad og lar tankene få fritt spillerom.

Tanker

”Tanken er tollfri” heter det.
Heldigvis, da jeg ellers ville være en fattig mann.
April 2019

Tanker II

Når du tumler med Tanker er de normalt både gode og vonde.
La Tankene flyte fritt når det skjer, blokkeringer kan skape oversvømmelse.
Mai 2019

Tanker og Damp

Tanker kan være som Damp i en trykkoker.
Ut skal de i en eller annen form og ut kommer de.
Oktober 1995

ANTIPATI-SYMPATI

Mars 2017

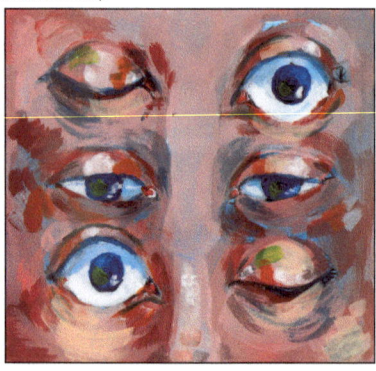

Antipati, som stammer fra det latinske "Antiepathia", kan etter min mening ikke stå alene. Er man seg bevisst sine antipatiske følelser, så er man seg også bevisst de sympatiske. Antipati og sympati henger med andre ord sammen.

Jeg kan ikke tenke meg at det mennesket finnes som ikke er seg begge disse følelsene bevisst. Det går knapt en dag vil jeg tro, hvor vi ikke bevisst eller ubevisst veier disse følelsene opp mot hverandre.

Selv om det nok ikke er så riktig, er jeg av den oppfatning at det ofte blir snakk om en svart/hvit stillingtagen til disse to følelsene.

Enten er den eller den sympatisk, eller så er vedkommende usympatisk. Vi danner oss raskt en oppfatning, som dessverre sjelden forandres eller blir gitt en sjanse til å bli forandret, i hvert fall hvis utgangspunktet er usympatisk.

Det er ganske uvanlig at man etter å ha dannet seg en oppfatning av at et menneske er usympatisk, forsøker seg med tilnærmelser for å teste sin oppfatning?

Her kommer jeg med spørsmålet: "hvorfor Antipati-Sympati"? Hvorfor ikke "Usympati - Sympati"?

Alltid skal det bringes noe utenlandsk inn. På engelsk heter ordene "Antipathy and Sympathy".

Både på norsk og engelsk benytter vi uttrykkene "Sympatisk" og "Usympatisk" - på engelsk "Sympathetic" og "Unsympathetic", men det er når man beskriver ens holdning til en persons situasjon.

Hvis man finner en person sympatisk sier man "Pleasant"

og i motsatt fall "Uunpleasant".

Antipati er så vidt jeg forstår etter dette ikke det motsatte av "Sympati", altså "Usympati". Man hører heller ikke at den eller den er "Antipatisk"?

Nei, "Antipati" er nok mer en følelse man har, beskrevet som en følelse av ubehag, motvilje, avsky eller avstandstagene til noe eller noen.

Sympati beskrives som egenskapen til å vise følelser som følge av en annen persons følelser, eller som en følge av en annen persons lidelse.

Nå er det vel slik at det skal være plass til oss alle her i verden og godt er det, men det skal vel også være lov og gi uttrykk for sine antipatiske og sympatiske holdninger.

Heldigvis er det slik, i de fleste demokratier i hvert fall, at man kan uttrykke sine meninger om hvem det skal være, uten de store konsekvenser, hvis man ellers følger demokratiets regler.

Det er dessverre alt for lett å falle for fristelsen til å kalle noen mennesker usympatiske og andre sympatiske. Fra det stå-punkt hver og en av oss befinner seg vil vi jo ha rett, ettersom det er ens personlige oppfatning det dreier seg om.

Det er sjelden man direkte sier til noen at man synes vedkommende er usympatisk, det faller lettere å la andre få vite ens mening om den saken

Det er enklere med den sympatiske siden. "Det var sympatisk sagt eller gjort".

Eller, "Jeg sympatiserer med dine tanker eller holdninger". Det er naturlig at man sympatiserer med de som er av samme oppfatning som en selv om en sak, så det er ofte på det grunnlag det oppstår friksjoner i dagliglivet.

I politikkens verden er det typisk at antipati og sympati spiller en betydelig rolle. Her får man hele personen servert "tror man". Både utseende – klesvei – kroppsspråk – uttrykksform og ikke minst budskap blir presentert samtidig.

Det blir mange inntrykk som fordøyes og som fører til ens antipatiske eller sympatiske holdning til vedkommende.

Når jeg sier "tror man", er det selvsagt fordi det i tillegg til de ytre karakteristikker og det oratoriske, skjuler seg et hav av ukjente egenskaper i enhver av oss. Egenskaper som vi behersker, kontrollerer og benytter, alt etter våre evner og legning.

Hvis man, etter å ha leste ovenstående, sitter igjen med en antipatisk holdning til denne refleksjonen, altså med en følelse av ubehag, motvilje, avsky eller avstandstagene til den, så har jeg full sympati for det.

Uansett, jeg setter selvfølgelig pris på om noen sympatiserer med mine betraktninger om "Antipati – Sympati".

BARDISKEN

2018

Jeg har aldri vært av den typen som har hengt rundt på bardisker, men det betyr ikke på noen måte at jeg gjennom livet har spyttet i glasset. Denne lille historien har svært lite å gjøre med det som normalt serveres fra en bar, men med selve bardisken. Jeg vokste opp på Landøya i Asker hvor min mor og Max startet et liv sammen, umiddelbart etter krigen.

Sammen med min mor ble jeg med på lasset etter at hun ble skilt fra min engelske far og flyttet til Landøya sammen med Max. Det ble for min del en spennende og spesiell oppvekst med han som stefar.

Alkohol var en naturlig del av deres liv, noe min lille historie ikke berører. Her er det selve bardisken det dreier seg om.

Jeg startet i første klasse på folkeskolen i Ulvik i Hardanger, ett år tidligere enn vanlig, altså som seksåring. Der ble jeg tatt vare på av mors søster, tante Kari etter at jeg ble "kidnappet" fra Sverige den 12 juni 1945. Episoden om kidnappingen er gjengitt i min bok REFLEKSJONER III.

Etter avsluttet første klasse flyttet jeg som nevnt til mor og Max i Asker og tok resten av folkeskolen på Holmen skole. Med den tilbakelagt ble det realskole fra starten av mitt fjortende år, det første året på Solvang og de to siste på Asker realskole og gymnas. Den gang klassen flyttet til den nye skolen, ble alle skolepultene båret av elevene hele veien, en distanse som jeg kan tenke meg er to til tre kilometer.

Det er ikke til å legge skjul på at jeg nok var tidlig ute med det meste i mitt liv, noe som kanskje har hatt sin bakgrunn i min noe rotete oppvekst, hvor det tidlig var nødvendig å benytte alle knep for å holde det gående. Ikke minst gav det seg utslag den gang jeg startet i annen klasse på Holmen folkeskole, som nevnt ett år tidligere enn normalt. Med Engelsk far og en mor fra Bergen, ble jeg født i England i 1939, og kort tid etter fraktet sjøveien til Bergen sammen med henne. Deretter tilbrakte jeg de neste årene av mitt liv hos tante Kari i Ulvik i Hardanger sammen med hennes to barn, Ida to år eldre enn meg og Per fire.

Fra Ulvik gikk turen til Sverige, nærmere bestemt Stockholm, hvor jeg tilbrakte et par år før jeg som nevnt ble kidnappet, for så igjen å havne hos tante Kari i Ulvik.

Bortsett fra det siste året i Ulvik skjedde dette under krigen og mange forhold var unormale både for barn og voksne. Jeg velger bare ett eksempel fra den tiden, som sammen med en rekke andre antagelig har vært med på å forme meg.

Jeg kan knapt ha vært fire år før fetter Per fikk meg i en meget vanskelig situasjon. Det var sikkert ikke første gang, men denne episoden forstod jeg ganske snart var vel grov.

Med store snøfonner dannet av plogen, på hver side av veien som passerte huset hvor vi bodde, hadde vi gravet en snøhule hvor vi kunne oppholde oss og hvor det var et lite hull eller vindu om man vil, ut mot selve veien. Per hadde sikkert ikke hatt hele planen klar, men det hadde seg slik at bygdens mektige prest Ole Johan, med et etternavn som er uvesentlig for denne lille historien, hver søndag spaserte fra sin store prestegård til kirken, forbi vårt hus og samme vei tilbake etter gudstjenesten. Per hadde i lang tid innprentet meg en meget kort setning som bare måtte bli mellom oss. Ingen andre måtte få høre den før han gav klar beskjed. Autoritær som han var og rundt fire år eldre enn meg, var det klart at hemmeligheten forble mellom oss.

Det må ha vært en søndag morgen han hvisket til meg at i dag skulle det store skje. På et bestemt tidspunkt entret vi hulen og ble sittende å vente. På hva? Jeg forstod ingen ting. Etter en tid fortalte Per meg at når jeg så presten passere den lille åpningen så var det stikkordet til å rope ut setningen høyt og tydelig. Ingen sak for en som meg naturligvis, så der ble jeg sittende å vente etter at Per hadde krabbet ut og forsvunnet.

Etter en liten stund ankommer den store og røslige presten og idet han passerer åpningen utbasunerer jeg med fulle lungers kraft: "Ole Johan prestefaen".

En sånn episode blir man fort litt eldre av, uten at jeg skal gå i detaljer om hva som skjedde etter at presten bråsnudde og med sin spaserstokk slo taket ned på snøhulen og dro meg ut. Jeg husker ikke detaljene som fulgte naturligvis og godt er det, men historien gikk over hele bygda i lang tid.

Nok om den episoden. Resultatet av min første tid hos tante Kari, oppholdet i Sverige og tilbake til mitt første skoleår i Ulvik, gjorde at jeg fra dag en i annen klasse på Holmen folkeskole ikke hadde annen måte å overleve på enn å ta opp kampen med alle midler når det gjaldt mobbingen, fordi jeg ikke kunne snakke annet enn en blanding av "Ulvikamaul" og svensk. Blandingen var en totalt ukjent og ny dialekt som det må ha vært utrolig vanskelig for andre å forstå.

Det jeg ikke hadde i styrke fikk jeg tatt godt igjen med min raskhet og kom etter hvert i god balanse med de fleste.

Senere ble nok det med språket et minimalt problem og det endte faktisk med at jeg ble ganske populær, om ikke blant lærerinnene og lærerne så i hvert fall blant de fleste medelever.

Med bakgrunn i bestått folkeskole, riktignok med laveste karakter i de fleste fag unntagen håndverk og gymnastikk, begynte realskole-tiden på Solvang i Asker i 1953.

På folkeskolen hadde jeg blitt testet for det man mente var ordblindhet. Dysleksi var enda ikke oppfunnet tror jeg, og det ble konstatert at ikke alt var som det skulle. Når jeg leste høyt for klassen, noe som hørte med til undervisningen i Norsk, var det visst bare hver annen linje som kom fra boken. De andre var fri diktning ifølge lærer Rimol, men det ble kun oppfattet av de som fulgte med i sine egne bøker. Det ble sagt at innholdet ble fremført høyt og tydelig og i en forståelig sammenheng.

Vel, ikke det beste utgangspunkt for neste steg på utdannelsen. Historie og geografi var, etter gymnastikk og sløyd, de to eneste fag jeg hadde noen form for interesse for.

Bibelhistorietimene ble jeg allerede på at tidlig tidspunkt delvis utestengt fra, da jeg høyt og tydelig påsto at det ikke var mulig for noe levende vesen å stå på en søyle i tretti år uten mat. Har ikke sjekket det, men det ble presentert oss som et utdrag fra bibelen så vidt jeg husker og den måtte man tro på.

Dette ble en lang innledning før Bardiskens tilblivelse, men sånn blir det ofte når man setter seg ned med pennen i hånden og lar tankene sveve.

I 1952 fikk det gamle hovedhuset på Landøya hvor vi bodde, et påbygg med tre soveværelser oppe og hele underetasjen innredet som en kjellerstue med peis, sofa med to stoler og et lite bord foran denne samt et bordtennisbord.

Av en eller annen grunn må jeg ha fått det for meg at noe manglet i peisestuen når mor og Max var bortreist og jeg hadde huset fullt av venner. Reisene skjedde ofte i forbindelse med firmaets aktiviteter.

På dette tidspunkt hadde jeg et komplett trommesett og spilte sammen med noe klassevenner når det var fester på gang. Trommesettet stod normalt i kjellerstuen, som var det eneste sted i huset hvor jeg kunne øve. Det ble også noen få offentlige opptredener, men vi var ikke på noen måte på et nivå som tilsa at vi var kompetente til det. Men nettopp det at jeg ofte var alene hjemme gjorde at vi fikk god anledning til å boltre oss med de høyeste desibel der nede i kjellerstuen. Vår hushjelp Boddi, bodde heldigvis i nabohuset og var alltid forståelig når det gjaldt mine vennesamlinger, ettersom det ble holdt stramme tøyler og at huset alltid ble ryddet etterpå.

I stuen i gamle-huset var det også en peis med en sittegruppe og på den motsatte veggen av denne, ved siden av døren ut til haven, stod det et stort gammelt rosemalt bonde-skap.

Bortsett fra de tre store skuffene nederst i hele skapets bredde, ble den øverste delen brukt som barskap. Når de to dørene i skapet ble åpnet til hver sin side og skrivebordklaffen ble slått ned, hadde man rikelig plass til å arrangere både glass og annet tilbehør. Tre solide hyller var dekorert med et stort utvalg av forskjellige flasker som alle var tilgjengelig innen en armlengdes avstand.

Fra mine ungdomsdager hjemme kan jeg ikke huske at det noen gang var snakk om alkohol misbruk, men det er ingen tvil om at skapet ble flittig brukt.

Det er heller ikke til å legge skjul på at jeg allerede som ganske ung prøvde meg på litt mer enn bare å lukte på korkene. Jeg tror aldri dette ble oppdaget, men Max hadde en liberal holdning til omgang med alkohol og lot meg tidlig forsøke meg på litt vin.

Det dreide seg i første omgang om eplevinen som han selv eksperimenterte med i kjelleren. På Landøya hadde vi en stor eplehage med et utall varianter av epler. Normalt ble disse plukket i sekker og sendt til saft-presseriet i Lier ved Drammen. Tilbake fikk man eplesaft på flasker. Max hadde anskaffet store glassballonger med bastbeskyttelse og det var i disse det ble eksperimentert med eplevinen. Jeg forstod tidlig at kunsten var å unngå at det som skulle bli vin ble omdannet til eddik. Dessverre hendte det innimellom, men ettersom Max sine kunnskaper økte ble det sjeldnere og sjeldnere at så skjedde.

Men, merkelig nok, enkelte ganger og helt uten forståelig bakgrunn skjedde det. Jeg kan ikke huske at jeg noen gang ble straffet for det, så antagelig var det ingen som oppdaget at noen liter forsvant fra ballongen og ble erstattet med en blanding av vann og eddik.

Etter en tid var det ikke så spennende å fortsette, da eplevinen uansett var vel sur i forhold til min smak. Mange vennefester fikk imidlertid et ekstra løft takket være Max sin vin-eksperimentering.

Det må ha vært inntrykket av bonde-skapet i gamlestuen som inspirerte meg til tanken om å overraske familien med et nytt møbel i kjellerstuen.

Det jeg ikke hadde fått tildelt av teoretiske skoleevner, hadde jeg fått mer av når det gjaldt det praktiske og jeg var for lengst passert snekkerstadiet hvor skjærebrett og fuglekasser var interessant.

Tanken modnet seg, så en dag tok jeg motet til meg og spurte sløydlæreren om jeg kunne få snekre en bardisk. Jeg elsket alt som hadde å gjøre med snekring og det tror jeg nok læreren forstod, men en bardisk av alle ting……. Spørsmålet ble hengende lenge i luften før han fikk samlet seg til å svare. Han avviste ikke tanken, men forklarte på en fin måte at dette var så spesielt at han måtte ta det opp i lærerrådet. Hva som ble sagt bak veggene på det møtet vet man selvfølgelig ikke, men ikke lenge etterpå fikk jeg tilbakemelding om at mitt ønske var innvilget. Det måtte riktignok betales for ekstra materialer, men ellers var det ingen hindringer bortsett fra at en skisse først måtte presenteres og godkjennes. Så skjedde og jeg var i full gang.

Bardisken var tenkt plassert i et hjørne i kjellerstuen og ble derfor, sett ovenfra, halvbuet. Den skulle trekkes litt lenger frem langs den ene veggen slik at det dannet seg en inngang mellom veggen og disken i den andre enden. På denne måten ville jeg unngå å lage noen form for dør.

På innsiden skulle det monteres to solide hyller, like store som bardiskens overflate.

Dessverre kan jeg ikke huske å ha sett noe bilde av den, men det bør ikke være vanskelig å se den for seg. Min bror som jeg konsulterte i forbindelse med noen tidsangivelser i forbindelse med denne refleksjonen, mener å huske at hele fronten var i stående bambusspiler. Bambus var nok ikke tilgjengelig vare i Norge på det tidspunkt, men han har rett i at det lignet, fordi fronten bestod av halvrunde stående lister i to -tre centimeters bredde.

Den totale lengden må ha vært vel tre meter og når den endelig var ferdig, ble det Max som måtte hente den. Litt av et syn ble det når lærerne stod utenfor skolebygningen og vinket når den store amerikanske DeSotoen, med den tomatrøde bardisken på taket, kjørte ut av skolegården og ned Solvangveien.

Egentlig tror jeg ikke det ble til at bardisken endte opp som en gave til mor og Max. Uansett, den hørte helt naturlig til i hjørnet i kjellerstuen i flere år og var delaktig i et utall fester med både stor og små.

Hva som senere hendte med den er det ingen som husker, og nå er gamle-huset for lengst overtatt av tredje generasjon og kjellerstuen omdannet til en korridor, to soverom og et bad.

Hvis Guinnees hadde en liste over de yngste bardisk-snekkerne, ville jeg antagelig komme et godt stykke opp på den.

BETRAKTNINGER FRA ET TOGVINDU

Juni 2018

Den 17nde juni 2018 befinner vi oss på et tog som står stille på stasjonen i Mérida i Extremadura i Spania. I dag er det 37 grader, mens det i går bare var 42 i Sevilla da vi entret toget "Al Andalus", en av de klassisk gamle utgavene fra den gang det å ta et slikt tog var forbeholdt noen ganske få.

Vår tur skal bringer oss fra Sevilla i Andalucia i Syd-Spania til Madrid, tilsvarende en kjøretur med bil på 4 – 5 timer vil jeg tro. Vi skal bruke 5 overnattinger på turen, alle i vår egen luksuriøse kupe. De fleste måltidene skal inntas om bord i dertil utstyrte spisevogner med tilhørende kjøkken. Ønskes avkopling er to vogner komfortabelt innredet med stoler og sofaer til dette formål. I disse arrangeres også underholdning av forskjellig art etter middagene.

Natt til i dag sov vi komfortabelt på jernbanestasjonen i Zafra, en liten by et godt stykke inn i Extremadura. Derfra var det kun en times tur til Mérida, utvilsomt mer kjent og en del større.

Det var på jernbanestasjonen i Zafra jeg fikk inspirasjonen til denne betraktningen.

Jeg må nevne at vi etter gårsdagens erfaring med 42 grader i Sevilla og langt opp mot 40 i Zafra, i motsetning til de andre 46 passasjerene, grunnet min kones rehabilitering etter et slag, valgte å ikke delta i utflukten som var arrangert for å bese byens severdigheter og spise lunch på en restaurant.

Vi ble værende på toget mens dette foregikk, og fikk servert vår lunch i kupeen, hvoretter min kone tok en middagshvil mens jeg ble sittende å meditere mens jeg fulgte med på det som skjedde på perrongen utenfor.

Solen steker fra en skyfri himmel, mens kupeens air condition går for fullt. Vi har ikke riktig funnet balansen på innstillingen, for enten blir det for kalt eller for varmt, så den må stadig slås av og på.

Det er bare et hjulspor samt perrongen mellom oss og stasjonsbygningen, hvis restaurant ligger visa vis vårt vindu.

Kun to mennesker er å se, hvorav den ene sitter på en benk på høyre side av restauranten på selve perrongen. Den andre står bare en meter unna og det er tydelig at de befinner seg i en diskusjon. Solen skygges av et tak som dekker hele perrongens bredde, noe som selvfølgelig hjelper når gradestokken nærmer seg 40.

Begge er, uten å diskriminere tror jeg, det man kan kalle overvektige. Jeg kan vanskelig se om den stående personen, også som den sittende, er en mann. Dialogen går frem og tilbake med arm og kroppsbevegelser mer en ett kvarter før en politimann slentrer mot dem, veksler noen ord og forsvinner ut av synsfeltet fra der han kom.

Om det var som en følge av politimannens ordveksling eller ikke skal være usagt, men den sittende reiste seg plutselig, omfavner den stående og avleverer et kyss på vedkommendes munn. Deretter går de sakte bort til restaurantdøren og inn. Gjennom vinduene kan jeg se at de sitter ved et bord tett ved utgangen.

Det er folketomt på perrongen bortsett den samme politimannens fornyede tilstedeværelse og forsvinning.

Etter en tid kommer de to ut igjen, beveger seg sakte tilbake til der de tidligere oppholdt seg, hvoretter samme situasjon gjentar seg. Den ene på benken og den andre stående bare en meter unna og igjen i full kommunikasjon.

Man kan lett lage seg spekulasjoner over hva som blir debattert, men egentlig har det liten betydning. Sceneriet gir i seg selv grobunn for spekulasjoner.

Nesten en halv time fortsetter de i samme posisjon, den ene sittende og den andre stående, før den sittende plutselig reiser seg og gir den stående et svingslag med åpen hånd mot ansiktet, hvoretter han raskt setter seg igjen. Den stående blir stående i samme posisjon og dialogen fortsetter. Etter noen minutter gjentar forsonings-kysset seg, hvoretter politimannen igjen inntar senen.

Jeg har stadig ikke oppfattet om den stående er mann eller kvinne.

Alt går fredelig for seg idet politimannen følger dem over til glassheisen som fører dem ned slik at de i en tunnel kan spasere over til perrongen utenfor vårt tog, for så å ta en tilsvarende heis opp til denne.

Etter en tid kommer de spaserende mot mitt kupe-vindu og setter seg på en benk. Det går nå opp for meg at den stående er en kvinne, selv om jeg må innrømmer at det kreves godvilje for å se det. Der sitter de i rundt et kvarter før de reiser seg, omfavner hverandre og gjengjelder hverandres munnkyss, for så å ta samme vei tilbake og forsvinne inn i stasjonsbygningen.

Vi er nå kommet et godt stykke ut på ettermiddagen og i hele denne perioden har det ikke vært andre å se på perrongene enn disse tre aktørene, men så, etter noen minutter, dukker plutselig våre andre 46 medpassasjerene opp, alle tydelig utslitte og overopphetede etter utflukten med lunch i Zafra.

Etter at alle er vel om bord og har fått roet seg ned, begynner neste etappe mot Madrid, som etter vel en time bringer oss til Mérida, utvilsomt en mer kjent og større by.

Her blir vi stående som i Zafra, med det samme bildet fra kupe-vinduet som der, et par perronger og en stasjonsbygning. Bortsett fra navnet og omgivelsene, er det vanskelig å skille den ene stasjonen fra den andre.

Etter den sene ettermiddagen og kvelden, med herlig middag og påfølgende overnatting, opprinner en ny dag, stadig med samme utsikt fra kupe-vinduet.

Som i går er det allerede godt over 30 grader når vi inntar frokosten rundt 8.30. Med gårsdagens varme friskt i minne takker vi også i dag nei til dagens utflukt, idet denne også var basert på at Méridas severdigheter skulle besiktiges ved hjelp av apostlenes hester, en utfordring vi heldigvis valgte å stå over, da det viste seg at gradestokken også i dag nærmet seg 40.

For oss ble det samme prosedyre som i går. Lunchen servert i kupeen hvoretter min kone inntar sin middagshvil mens jeg blir sittende ved vinduet og meditere, bare forstyrret av å måtte slå air condition anlegget av og på.

I motsetning til i Zafra er det her et yrende liv både utenfor restauranten og på de to perrongene og med den samme type heisanretning og forbindelse mellom disse. Her er imidlertid heisene i kontinuerlig bruk.

Tog kommer og går, om enn ikke så ofte, så nok til sceneskifter når passasjerer forsvinner mens nye, som har gått av, blir synlige på perrongen idet togene forsvinner ut fra stasjonen.

Det første jeg legger merke til er alle mobiltelefonene som foreviger vårt togsett med sine fjorten karakteristiske gamle vogner, og som alle vet er et sjeldent besøk av "Al Andalus" toget. Ettersom min kone og jeg er de eneste passasjerene om bord på dette tidspunkt og min kone hviler middag mens jeg sitter ved vinduet og mediterer, er jeg utvilsomt den mest fotograferte på denne turen.

Forelskede lever i sin egen verden, enten de begge venter på det neste tog, eller på avskjedskysset i de tilfeller hvor bare den ene skal av sted. Man husker jo selv å ha vært der.

Noen litt mer diskret enn andre, som man ikke kan unngå å legge merke til fordi de tiltrekker seg spesiell oppmerksomhet grunnet for stor selvopptatthet.

En ung dame, som allerede for en halv time siden, mens vi inntok vår lunch i kupeen hadde beslaglagt en benk, har forandret liggestilling et utall ganger, med eller uten sin lille

23

ryggsekk som hodepute. Enkelte av stillingene har etter hvert blitt mer utfordrende enn andre, noe jeg selvfølgelig ikke vet om er bevisst eller ikke. Hun er anstendig kledd, men uten en tøyfille mer enn det som er nødvendig for den karakteristikken og det er ingen tvil om at hun er fullt klar over at jeg sitter i kupe-vinduet og har oversikt over alt som skjer.

Etter det neste togets ankomst og korte opphold, med påfølgende utkjøring fra stasjonen, er benken tom.

En familie bestående av mor, far og tre barn hvorav den ene i barnevogn, stiller seg opp ved heisen og får ordnet sine fire rullende håndkofferter rundt seg. Ettersom heishuset er i glass er det lett å følge med mens de fem med sin bagasje, sammen med en del andre, sprenger seg inn og forsvinner ned i dypet. Minutter senere kommer den andre heisen på vår perrong opp og jeg teller over 10 mennesker som tumler ut i full forvirring. Det var tydelig at her gjelder det å være først. Familien med barnevognen ble de siste.

Vel ute på perrongen, når de endelig har fått orden på både barnevogn og kofferter, får plutselig et av barna en impuls. Han griper tak i barnevognen med den lille i og suser i sik-sak av sted mellom alle menneskene bortover perrongen. Mor og far reagerer med tilrop og gestikuleringer, før de ber den andre gutten bli stående å passe på bagasjen, og setter av sted. Jeg hører naturlig nok intet av det som blir sagt eller ropt, men scenen taler for seg selv.

Har ofte tenkt at det er merkelig at det ikke skjer flere ulykker enn det gjør, med folk som faller ned på skinnegangen og blir gjenstand for lokomotivets ubestridte overlegenhet i styrke.

Folk viker unna for de to løpende, men ingen ser ut til å stoppe "flyktningen". Ikke det at jeg kunne se noe tog i anmarsj, men med det store antall mennesker på perrongen kan det ikke være lenge før det er der.

Jo nærmere foreldrene kom barnevognen med den lille i, jo

fortere løp gutten, mens firhjulingen svingte fra side til side for å unngå kollisjon med de ventende passasjerene. Jeg måtte presse ansiktet mot vinduet for å få med meg at det hele til slutt endte godt.

Ikke mange minutter etter suste neste lokaltog inn på stasjonen. Bare noen få avstigninger, hvoretter perrongen var nesten folketom når toget forsvant ut fra stasjonen igjen.

Med disse og mange andre inntrykk fra kupe-vinduet, ble det også tid for meg til å ta en liten ettermiddags-hvil.

Ettertanker: Overskriften på denne refleksjonen skulle kanskje ha vært "Betraktninger fra et spesielt togvindu". Vinduet i seg selv var selvfølgelig helt vanlig og ikke på noen måte spesielt, men nettopp det at det var et vindu i "Al Andalus" toget, gjorde at vi tilbrakte lange tider på stasjonene. Normalt ville også vi ha vært på utflukter sammen med våre medpassasjerer, hvis det ikke var for min kones tilstand.

Her, som ofte ellers, gjelder uttrykket: Aldri så galt så er det godt for noe.

OM Å ANGRE.

Juni 2018

Det eneste du får med deg er gleden av å ha gjort det.

I den store sammenheng angrer man nok mer på det man ikke har gjort enn det man har gjort.

Hvor ofte har man ikke veket unna for å gjøre noe man har hatt muligheten til, funnet unnskyldninger som i realiteten ikke hadde noe med mulighetene å gjøre.

Først min lille snutt om det å angre, som jeg satte på papiret i 1994.

Jeg angrer på lite av det jeg har gjort,
for heldige meg, jeg glemmer så fort.
Jeg angrer mer på det jeg ikke gjorde,
alt det som kunne blitt til det riktig store.

Gav mennesker sjanser - og sjanser igjen,
jeg holdt alltid døren litt på klem.
Ja, det har kostet mer enn det smakte,
og ting har til tider gått alt for sakte.

En tøffere holdning med krav, konsekvenser,
ville det vært svaret som utvidet grenser?
Utvilsomt på kort sikt men hvor er det styrke?
Hos den som grundig behersker sitt yrke.

Til det trengs praktisk erfaring og tid,
det trengs modning, innsats og mye giv.

Om å angre skrev jeg som nevnt i 1994, eller for rundt 25 år siden. Jeg var den gang 55 år og allerede ganske bevisst når det gjaldt begrepet.

I 35 år hadde jeg på det tidspunkt hatt ansvaret for alt fra noen titalls til nærmere 200 mennesker ansatt i Max Manus firmaene.

Når jeg starter den ovenstående snutt med: "jeg angrer på lite av det jeg har gjort" og jeg spør meg selv nå i ettertid om det kan ha vært helt riktig, så står det helt klart for meg at slik var det. Selv når det gjelder de siste 15 år siden ansvaret ble overlatt til tredje generasjon, er jeg av den oppfatning at det er lite av det jeg har gjort jeg angrer på.

Årsaken til det er imidlertid ikke som jeg skrev, at det var fordi jeg er heldig og glemmer så fort. Riktignok er jeg stadig blitt litt mer glemsk ettersom årene har gått, men det er ikke derfor: "jeg angrer på lite av det jeg har gjort". I den sammenheng dreier det seg om det å fortrenge, det å ikke ville tenke på ting som antagelig ikke var noe å være stolt over. Med andre ord føler jeg i dag at jeg kanskje burde ha angret litt mer enn jeg har gjort, uten at jeg kan nevne noen konkrete eksempler på det. Muligens blir man litt mer ydmyk ettersom årene går.

Det at jeg den gang skrev: "jeg angret mer på det jeg ikke gjorde" står klarere for meg.

Ikke fordi jeg mener at det jeg burde ha gjort kunne blitt til det virkelig store, men fordi jeg alt for ofte gikk på kompromiss. Jeg lette alt for ofte etter balanserte løsninger på utfordringer, istedenfor å ta konfrontasjoner. Om det var uttrykk for feighet eller tro på bedre fremdrift har jeg selvfølgelig selv gjort meg en oppfatning om, men om den egentlig har solid rotfeste er jeg litt i tvil om.

Om det var riktig å: "gi mennesker sjanser og sjanser igjen" er jeg nok mer i tvil om riktigheten av i dag. Skuffelsene mann pådro seg i forhold til gledene, var det ofte vanskelig å svelge og det er liten tvil om at det ofte kostet mer enn det smakte.

Det skal være usagt om de som ble gitt sjanser virkelig oppfattet at det var det som skjedde, eller om det fra utsiden ble oppfattet som at det ble sydd puter under vedkommende. Mennesket er, som mange er enige om, menneskets verste fiende, så her ligger det mye å tenke på.

At prosesser som kommer i kjølevannet av å gi: "sjanser og sjanser igjen", har ført til at: "det har kostet mer enn det smakte" og til tider gått alt for sakte, er jeg i liten tvil om.

Spesielt i forretninger er tid penger og da er det lett å forstå at denne form for "utdannelse" kan bli kostbar.

Når det gjelder om: "tøffere holdning med krav og konsekvenser, ville være svaret "som utvidet grenser", er min holdning i dag helt i overensstemmelse med det jeg skrev.

At avkastninger på kort sikt utvilsomt ville forbedres betraktelig står jeg for. Slik jeg den gang så på det å drive forretning, dreide det seg aldri om kortsiktig fortjeneste. Soliditet på lang sikt stod alltid i førersetet.

Sett med slike øyne ligger selvfølgelig styrken i solid forankring når det gjelder å beherske sitt yrke. Det er ikke tvil om at det tar tid og at det trengs både modning, innsats og mye giv.

Som man forstår er begrepene om langsiktighet i forretningslivet generelt ikke de samme i dag som den gang, uten at jeg kommer til å angre på at jeg ikke går nærmere inn på det i denne refleksjonen.

DET ER BARE EN VEI

April 2018

I Norge har vi et uttrykk som går slik: Det er ingen skam å snu. Det uttrykket forbinder vi med fjellreglene, hvor betydningen er at det å vise overmot i naturen er uklokt.

Det jeg her sikter til dreier seg ikke om å vise overmot, hverken på den ene eller andre måten, men å ta motgang på en positiv måte. I den grad det er mulig å dreie blikket fremad bør man gjøre det. Man bør forberede seg på å ta de utfordringene som man forventer å møte med en positiv holdning. Har man først kommet i en situasjon hvor utfordringene tårner seg opp, hjelper det lite å se bakover, det kan lett føre til unødvendige og negative grublerier.

Selvfølgelig er det viktig for erfaringens skyld å gjøre seg opp en mening om man selv kunne ha påvirket årsaken til den motgangen man møtte, men der bør imidlertid også grublerine stoppe.

Lite i verden er helt sort hvitt og det gjelder selvfølgelig også i denne sammenheng. Utgangspunktet for å se fremover og ikke bakover bør ha et realistisk fundament og helst ikke bare være basert på et håp.

Ellers er det også svært viktig at man prøver å se de store linjene i utviklingen langs den fremadgående linje. Man bør ikke henge seg for mye opp i de små men ofte unngåelige nedturene man møter på veien.

Hvorfor skriver jeg nedturer man møter på veien? En nedtur fortoner seg negativt, gjør den ikke det? Nedtur – negativt – ned – nei. De begynner alle på n, og kan lett føles som en nesestyver. Prøv heller med en oppoverbakke.

Vi møter alle til tider en oppoverbakke, forutsatt at vi ser fremover. Om oppoverbakken føles stor eller liten, er ofte opp til oss selv og den fysiske og psykiske tilstand vi er i.

Ordet oppoverbakke starter med o på samme måte som optimisme. Rent psykologisk fortoner dermed oppoverbakken seg som positiv og positivitet er kanskje den beste drivkraft for å komme videre, sammen med viljen. Viljen som ingrediens når man ser fremover er uvurderlig. Har man ikke viljen er det nesten som å medgi at man gir opp.

Her er det lett å minne seg selv om at v-en i viljen er den første bokstaven, på samme måte som å vinne starter med en v. Det er nettopp dette det dreier seg om: å vinne over utfordringene.

Det er bare deg selv som kan vinne i denne sammenheng.

At man får den best mulige behandling er en forutsetning og noe man er prisgitt de mennesker som står for det. Likeledes er betydningen av god støtte og oppfølging av de rundt seg utrolig viktig. Men igjen, det er bare deg selv og din holdning til utfordringene som til syvende og sist avgjør hvilken form du er i når du går i mål.

Jeg skrev dette den 15nde april i 2018 under et opphold på sykehuset Virgin del Mar i Almeria i Syd Spania, som varte i vel en uke.

Min kone var i dette tilfelle pasienten, mens jeg, som det er vanlig i Spania, sov på sofaen ved siden av sengen. Uten å gå nærmer inn på detaljene når det gjelder årsaken til at hun var der, er jeg av den bestemte oppfatning at vi fullt ut deler det syn som gjenspeiler seg i denne refleksjonen og at hun er klar til å møte alle utfordringer som måtte komme.

DOMMEN

St. Hans aften 1995

Så sitter man der da, måneder, ja år har gått i uvisshet. I og for seg er det ganske forståelig, når man tenker på den saksbehandling som må til for å utrede alle sider av et konkursbo. Ingen problemer med det, alt har gått for seg på hederlig vis.

Den lille haken ved denne saken er at den er personlig, ja, sågar meget personlig.

Det forholder seg nemlig slik at på det tidspunkt bankene løp inn i den store krisen, som startet den 19.10.87, favnet de raskt alle sine kunder i et, kanskje ikke så unaturlig men allikevel listig, jerngrep.

Den som ikke, personlig, omgående ville være med på leken, fikk smake steken.

Leken, hvis man kan kalle det det, bestod i å drive forretningen videre, steken var at hvis man ikke selv stilte seg som personlig garantist for alle kreditter, ville ethvert engasjement fra bankens side, omgående opphøre.

Hva gjør man i en sådan stund? Nedlegger man, skiller man seg av med medarbeidere som i årtier har satt sin lid til bedriften og sier farvel til videre eksistens av en nær femti år gammel familiebedrift?

Jeg er bestemt av den oppfatning i dag, at generasjoner i min familie etter meg, bør velge nedleggelse hvis de skulle komme i en tilsvarende situasjon.

Det er å håpe at de, i et hvert fall i en slik sak, vil ta lærdom av mine erfaringer.

Intet var imidlertid mer naturlig for meg den gang, for nå vel fem år siden, enn å undertegne.

St. Hans aften ettermiddag, nettopp hjemkommet fra en utenlandsreise, med oppmagasinert post foran seg.

Møtevirksomhet og korrespondanse i anledning ens personlige kausjonsansvar har nådd så langt at det ligger i luften at et endelig svar snart bør foreligge, at dommen endelig skal falle.

Syv brev, sammen med nesten en halv kilo reklamemateriell ligger på sidebordet.

Volvat medisinske senter med tilbud om ny og forbedret legevakt og hjemmebesøks-ordning. Bank National de Paris med overskriften: Hvorfor jeg i all verden skulle skifte bank på grunnlag av et tilfeldig brev i posten? Kan kanskje bli et interessant spørsmål etter at jeg har gjennomgått posten.

Kreditkassen, C post, som ønsker å tilby bedre service for sine kunder og derfor vil opprette et sentralt kunderegister for konsernet, hvor jeg som kunde vil inngå. Konsesjon fra Datatilsynet er ordnet. En C5 konvolutt med håndskrevet navn og adresse. "Femti år er gått siden vi hadde vår første skoledag på realskolen. Velkommen til fest i den anledning, lørdag den......" Utrolig. Klassebilde kopiert på innbydelsen.

Telenors telefonregning, uten overraskelse og Gjensidiges kontoutskrift av pensjonsforsikring for 1994. Litt sent kanskje, dveler ikke lenge ved det.

Og så ligger den der, den siste konvolutten, A post fra Kreditkassen.

Deres kausjonsansvar for engasjementet i........

Er jeg glad for at det bare søkes tilleggsinformasjoner i forbindelse med saken?

Var jeg ikke før jeg åpnet denne konvolutten innstilt på at en endelig dom nå ville foreligge?

Er jeg lettet?

Det er vanskelig å uttrykke følelser mens man venter på en dom.

EN UVANLIG EPISODE

23 mai 2018

Av spesielle grunner måtte vi en tur til Almeria, den nærmeste by av noen størrelse vi sogner til. Holder man seg innenfor fartsgrensene dreier turen seg om rundt tre kvarter, med normal trafikk.

Hvorfor det var usedvanlig mange store lastebiler på veien vet jeg ikke, men registrerte at så var tilfelle.

Vi kjører hjemmefra rundt klokken fem om ettermiddagen og får det meste av tiden den stadig lavere solen rett i ansiktet.

I de rundt tjue årene jeg har bodd her, med tjue åres bryllupsdag i går den tjueandre mai, har det blitt et utall turer på denne motorveien syd og sydvestover.

I og med at turen går til det sykehuset vi sogner til i Almeria og det dreier seg om et besøk i forbindelse med min kones slag for vel seks uker siden, dreier snakken seg stort sett om dette temaet.

Som vanlig når vi ikke har spesielt hastverk, setter jeg automaten på 115 km per time og rent bortsett fra de steder hvor hundregrensen markeres ligger jeg i den hastigheten. Ifølge den gjennomsnittlige spanjol er 115 km per time "lusekjøring" og 100 markeringene er det minst 90% som ikke i det hele tatt bryr seg om.

Som "lusekjører" blir dermed rytmen helt annerledes og krever spesiell oppmerksomhet for ikke å komme i vanskeligheter. Som "lusekjører" må man fokusere ekstra mye på bakspeilet, da det er utrolig hvor fort en bil i 160-170 kommer, når man selv luser i 115. Hastighetsgrensen på de spanske motorveiene er 120.

Nettopp derfor går mye av tiden til å holde orden på trafikken bak. Det jeg nå beskriver observerer jeg i bakspeilet.

På en lang strekning med en rekke tung-transportere, som i dette tilfelle i motsetning til vanlig, stort sett holder rimelig avstand, ser jeg to - tre personbiler i høyre felt. Foran dem igjen blinker venstre retningslys på en tung-transporter idet han glir over i venstre kjørefelt for å passere den foranliggende kollega. Disse tung-transportene har hastighetsgrense på 100 km i timen og må sies stort sett å følge denne grensen. Antagelig er det fordi de er utstyrt med logg som vil kunne bringe dem i vanskeligheter ved hastighets-overskridelser. Hadde ikke det vært tilfelle, ville de vel som spanjoler flest ikke bry seg om hastighets-reglene.

De to bilene bak den forbikjørende tung-transporteren, legger seg også over i venstre kjørefelt i fornuftig avstand til denne.

Antagelig for at loggen ikke skal registrere fartsoverskridelser, men det aner jeg selvfølgelig ikke noe om, holden sjåføren seg nær fartsgrensen. Det tar mer enn en halv kilometer før den forbikjørende tungtransporten har passert. Han blir imidlertid liggende i venstre kjørebane etter forbikjøringen. Heldigvis er det åpent foran meg, så jeg ser mer i speilet enn fremover når jeg oppdager denne tildragelsen.

Den forbikjørte presser seg nå mellom de to bakenforliggende bilene ut i venstre kjørefelt, mens jeg ser at han setter fulle lys på, selv om solen stadig skinner.

De to bakenforliggende bilene svinger så over i høyre felt og kjører forbi de to kombattantene på denne siden.

Etter at de to bilene har passet, begynner det bakenforliggende vogntoget, det forbikjørte, med fulle blinkende lys og så vidt jeg kunne se med bare noen få meters avstand til den foranliggende, å svinge fra side til side på begge de to kjørefeltene.

Jeg antar at han var på vei hjem til Andalucia med tomt lasterom, etter å ha levert grønnsaker ett eller annet sted i Europa, for hele vogntoget svaiet fra side til side, med store utslag. Hadde vogntoget vært fullastet ville det høyst sannsynligvis ha veltet.

Denne strekningen på motorveien er den lengste rette på hele turen så jeg kunne følge med på hendelsen i flere minutter. All bakenforliggende trafikk, hvis det var noen, hadde i hvert fall ingen mulighet til å passere de to kjempende "motorveiens gladiatorer".

Latinsk temperament ja, men som man vil forstå litt senere i refleksjonen skal jeg være forsiktig med å uttale meg om det, da jeg selv kan bli svært opphisset av mange tildragelser i det daglige.

Besøket hos kardiologen endte med at vi nå omgående må ta nye blodprøver og melde oss om en uke for tilpasning av nye medisiner.

Torsdag den 24. mai opprinner. Det er den dagen i uken hvor vaskehjelpen kommer klokken halv ti. Blodprøvene skal tas på en klinikk i Vera, som bare ligger seks kilometer hjemmefra.

Vi er heldige og finner en parkeringsplass like ved siden av en parkeringsautomat, i gaten utenfor klinikken. Klokken er blitt 09.00.

En euro, som så vidt jeg vet dekker halvannen time, er klar i hånden og forsvinner inn i automatens gap. Etter litt risling havner den i mottaket for vekslepenger uten at parkeringslappen havner der den skal. Intet nytt, refleksjonen "En ikke uvanlig dag" på side 50 i denne boken, kommer også inn på parkeringsautomatene i Vera, så her dreier det seg ikke om noe ukjent.

Etter flere forsøk uten at automaten ville svelge euroen å gi meg en parkeringslapp i stedet, gir jeg opp.

Min kone blir sittende i bilen og godt er det. Hun har for lengst blitt lei av å høre meg forbanne det jeg kaller idioti, så jeg legger kursen over gaten til den neste automaten jeg får øye på i nærområdet. Her skjer det samme. Temperaturen stiger og nå er det svært godt at min kone har blitt sittende i bilen.

Ettersom det er snakk om å komme tidlig til klinikken for å ta blodprøvene, så dropper vi videre forsøk på å skaffe oss parkeringslappen og haster videre.

På venteværelset sitter det allerede åtte ti mennesker og etter spansk mønster spør man så en av dem: Quien es el ultimo? Det betyr: Hvem er den siste. På den måten har man helt klart styr på når det er ens tur. Glimrende system når man ikke har kølapper.

Mens vi sitter der og venter, kommer det stadig noen som går rett bort til døren til legekontoret. Disse skal, viste det seg senere, hente prøver. Av tidligere erfaring vet vi at det ikke er nødvendig hvis man behersker data, for da kan man hente dem på nettet.

Det viser seg at vedkommende som tar prøvene ikke har noen til å hjelpe seg, så her blir det avbrudd etter avbrudd og naturlig nok en hel del uro blant de ventende.

Nok om det, vel en halv time senere er det min kones tur og mens hun er der inne er det bare to avbrytelser av ovennevnte art.

Vel ute igjen med beskjed om at de vil ringe og meddele når prøven er ferdig, de mener det vil skje om morgenen samme dag som vi igjen skal til sykehuset å møte kardiologi-legen, tar vi heisen ned og begir oss tilbake til bilen.

Her, som i de fleste andre steder, er effektiviteten stor når det gjelder håndhevelse av parkeringsreglene. Riktignok, under vinduspusseren finner jeg en åpen langstrakt konvolutt med en trykksak stukket ned i. Kan det være en beklagelse for at automaten er ute av drift? Langt der ifra, konvolutten i seg selv var en form for parkeringsbot. Så skal man altså straffes fordi teknologien har sviktet. Jeg utbryter umiddelbart noen sterke ukvemsord på norsk. Min kone kjenner dem selvfølgelig og rister resignert på hodet, mens jeg gir henne konvolutten og spør henne om forslag til hva vi nå skal gjøre. Hun har heller ikke tidligere sett denne form for "avstraffelse", så vi lar det i første omgang bli med det og kjører de fire-fem kilometerne til forretningen hvor dagens aviser kjøpes.

Med avisene sikret går vi de få skrittene bort til Victor's og bestiller en kaffe og en tostada con tomate, eller, ristet brød med tomat. Min kone måtte ta prøvene uten å ha spist på forhånd, så derfor hadde vi hoppet over frokosten hjemme.

Konvolutten blir nå tatt nærmere i øyesyn. Alt som var skrevet var selvfølgelig bare på spansk, et språk min kone behersker bedre enn sitt morsmål fransk, men som jeg stort sett får lite ut av.

Fire euro og tretti cent skulle legges i konvolutten som straff for at automatene var ute av drift. Antagelig helt logisk ifølge spanjolene, men hvor skulle man så gjøre av konvolutten? Vi spør Victors sønn Jake, som serverer oss, om han har kjennskap til denne "straffemetoden". Joda, han hadde riktignok selv ikke vært utsatt for noe lignende men mente å vite at konvolutten med pengene skulle leveres i banken. Aldri har jeg hørt maken til idiotisk ordning, men vi lever da også i Andalucia, tenkte jeg oppgitt.

Vi skulle videre nye fem-seks kilometer til Mojacar for å kjøpe blomster. Noen venner gav min kone en stor bukett med gule liljer når de fikk vite at hun var hjemme fra sykehuset etter å ha hatt slaget. Disse nydelige blomstene varer rundt en uke, så nå fornyer vi dem kontinuerlig når de gamle må kastes.

Mens jeg var og kjøpte blomstene og kom tilbake til bilen, hadde hun ringt ett av de to numrene som var oppgitt på konvolutten. Hun hadde snakket med en mannlig person som sa at når vi kjørte tilbake til Vera, vel en mil fra der vi nå befant oss, skulle vi ringe igjen når vi kom dit, så ville han møte oss og forklare hva vi skulle gjøre.

I hele denne perioden hadde jeg nok ganske sterkt gitt uttrykk for hva jeg mente om de forskjellige "spesialiteter" man må innfinne seg med når man lever i Syd-Spania, så stemningen oss imellom var i høyeste grad tilspisset. Det gikk så langt at hun klart gav uttrykk for at det ville være min skyld hvis hun fikk et nytt slag.

Det ble ikke sagt mange ord mellom oss på turen tilbake til Vera.

Der fant vi parkering omtrent på samme sted som tidligere og registrerte at det ved begge parkeringsautomatene var fullt av mennesker som diskuterte og gestikulerte. Automatene var tydeligvis stadig ute av drift.

Min kone forsøker seg med en fornyet telefon til den hun hadde snakket med tidligere, uten å få svar.

Hun skulle selvfølgelig ikke vært en del av disse hendelsene i hennes tilstand, men det var heller ikke lett, eller omvendt, det var umulig å stoppe henne. Jeg fikk plutselig se en parkeringsvakt ikledd oransje overdel og foreslo at det nettopp var han vi måtte snakke med. Han gikk stadig rundt og festet konvolutter bak vindusviskerne. Det var ikke lett å overbevise henne om det, da hun stadig var fast besluttet om å få telefonkontakt slik avtalen gikk ut på.

Jeg gikk ganske snart tom for toleranse og dro henne med meg bort til vakten, som merkelig nok ikke var overrent av fortvilede bileiere.

Det eneste som kom ut av samtalen var at han insisterte på at 4 euro og 50 cent skulle legges i konvolutten. Ikke som det stod 4 euro og 30 cent. Vi hadde allerede puttet 4,50 i den og forklarte det. Tilfreds puttet han konvolutten i lommen og fortsatte sitt ærend, før jeg fikk slengt noen ukvemsord om parkeringsvakter i sin alminnelighet etter ham.

Jeg beskylder ham ikke for noe, men om den konvolutten noen gang kom inn i regnskapet tviler jeg sterkt på. Uansett, vi hadde etter vår mening gjort alt vi kunne for å gjøre opp etter oss og returnert til bilen. Der stod den parkert uten en ny konvolutt, noe vi selv ubevisst hadde forhindret ved å henvende oss til den samme som skulle utføre den jobben.

Min kone var fullstendig utkjørt stakkars og gikk rett til sengs når vi kom hjem.

Etter hvert fikk jeg roet meg ned og mens min kone hvilte gikk jeg i gang med litt arbeid i forbindelse med mine skriverier. I den forbindelse tok jeg en Skype til min kontakt i Danmark som hjelper med de tekniske saker i den forbindelse. Selvfølgelig nevnte jeg i korthet dagens episode for ham.

Til min overraskelse kunne han fortelle at da han for et par år siden besøkte stedet, hadde han en lignende opplevelse. Den gang hadde de, etter mye frem og tilbake funnet frem til at konvolutten med det angitte beløp skulle stikkes inn i en dertil beregnet sprekk ett sted på parkeringsautomaten.

Ja, så vet vi det for fremtiden og neste gang jeg er i Vera skal jeg sjekke å se om jeg finner den angitte sprekken.

Neste dag sjekket jeg en parkeringsautomat i Vera og riktignok, bare ti centimeter over bakken fant jeg en sprekk.

Jeg avslutter med å nevne at jeg selvfølgelig er klar over at det er feil av meg å kalle det en parkeringsbot og avstraffelse. Man har jo parkert og skal betale for det, men litt drøyt er det kanskje å forlange nærmere 50 kroner, når 5 kroner er det vi vanligvis legger på for en liten handletur.

EVOLUSJON
Mai 2018

I min refleksjon "Revolusjon" i boken "REFLEKSJONER III", tok jeg fatt i noen eksempler på teknisk revolusjon og evolusjon.

I denne refleksjonen dreier det seg om den litt mer levende delen. Den som har med hvordan liv, fra å være skapt et eller annet sted, over tid kan spre seg til andre steder på kloden og for noen arter til hele kloden.

Jeg har en følelse av at dette fenomen i dag presenteres som om det er en revolusjonerende ny-oppdagelse. Den eneste forskjell er vel kanskje at vi i dag rent vitenskapelig er kommet lenger i forståelsen av hvordan spredningen har skjedd og skjer.

Det kan sikkert diskuteres om overskriften "Evolusjon" i denne sammenheng er riktig, for her dreier det seg mer om forflytting enn på egenutvikling, noe vel evolusjonen i sin egentlige betydning står for.

Man mener å kunne bevise, gjerne fra forskjellige vinklinger, hvordan dette har skjedd og skjer.

For de fleste av oss er antagelig dette intet nytt.

Selv i min levealder har vi vært vitne til hvordan forskjellige vitenskapelige ekspedisjoner mener å ha bevist hvordan menneskene har forflyttet seg fra kontinent til kontinent og inntatt det meste av de deler som gir grobunn for liv for oss individer.

Tor Heyerdal, kanskje den mesk kjente nordmann utenfor landets grenser, har satt spor etter seg ved å bevise hvordan mennesker kan ha forflyttet seg lenge før moderne teknologi gjorde dette til alle manns mulighet. Han har skrevet en rekke bøker, som er oversatt til 60 språk. De forteller om hans forskjellige ekspedisjoner, som den med Kon-Tiki flåten av balsatre samt siv-båtene Ra I og Ra II.

Hans mest kjente ekspedisjon var antagelig turen med Kontiki-flåten fra Syd Amerika, nærmere bestemt Equador, til øygruppen Polynesia i 1947.

Etter at ekspedisjonens deltagere først hadde felt balsatrærne i Equadors jungel og bygget en flåte bunnet sammen av tauverk og uten bruk av andre materialer enn de som var tilgjengelige i fordums tid, tilbrakte de 101 dager på de 6900 kilometerne til målet. Som ett eksempel er det den samme distanse som fra Syd-Spania til Svalbard.

All ekspertise dømte ekspedisjonen som galskap da enhver fornuft tilsa at balsa-stokkene ville trekke til seg vann og til slutt synke i havet. Påstandene ble gjort til skamme.

På denne måten mener han å ha bevist at indianerne i Syd Amerika kunne ha besatt Polynesia lenge før Columbus oppdaget Amerika.

Dette var bare ett av sikkert titusener av lignende eksempler på hvordan menneskene har spredd seg over hele vår planet.

Det ovenfor nevnte, som dreier seg om menneskenes forflytting, er antagelig å regne som bagateller sammenlignet med hvordan alt levende fra mikroorganismer til planter og dyr av alle avskygninger har, fra sin spede begynnelse et eller annet sted på jorde, spredd seg og tilpasset seg leveforhold som de opprinnelig ikke var utstyrt for.

Evolusjonen er ikke noe man kan sette seg utenfor og beskrive, ettersom man selv til enhver tid befinner seg i, og er en del av den.

HOLDNINGER

2016

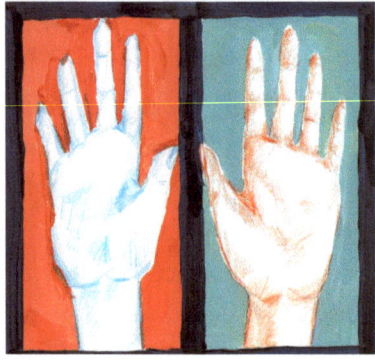

Uten holdninger, jeg ser bort fra de fysiske, ville mye sett annerledes ut i vår verden.

Nå er det ikke slik at alle har holdninger av den typen jeg tenker på, eller sagt litt mer bestemt, bevisste holdninger.

Det er sikkert som det skal være, men så er det også viktig at de med bevisste holdninger står for dem og det er det kanskje verre med.

"Min holdning til den saken er". Bastant holdning, her dreier det seg om en med klare holdninger, i hvert fall etter egen oppfatning og som ønsker å gi uttrykk for dem.

Mange har sikkert holdninger som de i dagliglivet på alle måter søker å leve opp til.

De jeg tenker på har ikke behov for alltid å gi uttrykk for sine holdninger, de bare har dem, lever opp til dem og i lys av det fremstår de i andres øyne som mennesker med holdninger.

Det er ikke grenser for hvilke holdninger man selv representerer og observerer hos andre hvis man tenker etter. Her er noen eksempler på spill med holdninger:

Føyelige og Tøyelige holdninger

Som Føyelig velger man gjerne løsninger foreslått av andre - mens man som Tøyelig, i tillegg bøyer seg for å knytte skolissen.

Bastante og Ettergivende holdninger

Som Bastant står man hårdnakket på sine standpunkt - mens man som Ettergivende føyer seg etter andres.

Sterke og Svake holdninger

Med Sterke holdninger fremhever man det man mener er ens Sterke sider - mens man med Svake holdninger fortrenger og undertrykker dem.

Svart – Hvitt holdning

Man forenkler sine synspunkter til et enten eller.

Håpløse og Håpefulle holdninger

Som Håpløs ser man ingen annen utvei enn å gi opp – mens man som Håpefull satser alt for å nå målet.

Upåvirkelige og Påvirkelige holdninger

Som Upåvirkelig styrer man rett frem uten å la seg påvirke av noe - mens man som Påvirkelig vurderer andres ideer og tanker.

Tolerante og Intolerante holdninger

For husfredens skyld forblir man Tolerant - mens man som Intolerant står på sitt for å markere seg.

Kjærlige og Ukjærlige holdninger

Den Kjærlige snur det andre kinnet til med et smil - mens den Ukjærlige avviser videre dialog.

Ondskapsfulle og Gode holdninger

Som Ondskapsfull begjærer man de andres lidelse - mens man som God gjør alt man kan for andres velbehag.

Oppgitte og Overbærende holdninger

Som Oppgitt slår man ut armene og rister på hodet - mens man som Overbærende trekker på smilebåndet.

Medfølende og Ufølsomme holdninger

Som Medfølende tar man interesse i andres situasjon med sympati - mens man som Ufølsom avviser alle tilnærmelser.

Kjælende og Avvisende holdninger

Som Kjælende strutter man av god-følelse og ønsker nær kontakt - mens man som Avvisende tydelig gir uttrykk for ønske om fysisk distanse

Sint og Sur holdning

Som Sint tenner man på det minste med sterke uttrykk – mens man som Sur henger med geipen og er lite snakkesalig.

Vennlige og Uvennlige holdninger

Med Vennlighet glir man lett inn i de fleste miljøer - mens man som Uvennlig blir stående utenfor.

Humørløse og Humørfylte holdninger

Som Humørløs stille man svakt i sosial sammenheng - mens man som Humørfylt huskes med positivt fortegn.

Uansett hvilke holdninger det dreier seg om, vel å merke hvis de ikke er dårlige, så er det viktig at man tar godt vare på dem, men de bør være ekte.

Husk, holdninger er en vesentlig del av din personlighet.

HOLE IN ONE

September 2018

For alle vanlige golfere, jeg tenker ikke på den eliten som lever av det, er opplevelsen av å treffe hullet på ett slag, direkte fra utslag-stedet, en stor opplevelse. En begivenhet som ofte medfører at den det gjelder må rive i drinker til alle tilstedeværende i baren. Ikke få forsikrer seg mot dette sammen med utstyrs-forsikringen.

Når man tenker på at golfballen kun er 4,267 cm i diameter og at distansen til hullet kan være alt fra 100 meter og oppover og at diameteren på selve hullet bare er 108 mm, fortoner det seg som et mirakel når det en sjelden gang skjer.

Det har sikkert skjedd før, men jeg betrakter min første og eneste Hole in One som ganske spesiell.

Golf-tur med tre venner til Syd-Frankrike. Vi skal være der en uke og spille golf hver dag. Denne spesielle dagen er det andre gang vi spiller på banen Old Course Canne-Mandelieu.

Kvelden før traff vi to sympatiske engelske ektepar i baren på hotellet og ettersom vi hadde spilletid relativt tidlig neste dag, spurte de om vi hadde noe imot at de ble med for å ta en titt på anlegget og vår start. De var ikke golfere men nysgjerrige på hva som foregikk ettersom vi selvfølgelig hadde snakket varmt om golfens opplevelse.

Neste morgen var vi alle vel på plass i klubbhuset hvor morgenkaffe nummer to ble inntatt og alt gjort klart til vår runde.

Været er alltid et diskusjonsemne i forbindelse med golfen. Meldingen for dagens vær var rimelig god, men for oss så det langt fra slik ut. Tunge skyer hang lavt over terrenget og på første utslag-sted var sikten knapt femti meter.

De engelske ekteparene hadde fulgt oss for å se våre utslag fra første tee og var selvfølgelig interessert i hva vi ville gjøre når det ikke var mulig å se hvor vi skulle slå.

Det eneste vi kjente igjen fra vår første runde et par dager før, var to store furutrær som vi så vidt kunne skimte konturene av, omtrent halvveis til greenen og hullet.

Ettersom vi ble stående å diskutere retningen og avstanden til hullet, kunne vi se at inntrykket våre nye venner fikk av golfen ikke fristet dem til å utfordre denne sportens naturopplevelse som vi hadde snakket så varmt om.

Jeg husker ikke nøyaktig lengden på dette første par tre hullet, men valgte et firer-jern, så jeg antar at vi snakker om vel 150 meter.

Alle fire har nå slått ut i tåkehavet og våre venner velger å følge oss frem for å se resultatene av utslagene.

Det neste er at vi triller våre golftraller fortrøstningsfull inn i tåken sammen med fire ikke-golfere, som etter hvert må ha spurt seg selv hva i all verden noen kan se i denne sporten.

Vi holder oss til fairwayen mellom de to furutrærne, som er lett å følge, idet overgangen på begge sider til såkalt ruff er klart markert fra kortklippet til høyere kuttet gress.

Plutselig dukker greenen opp og vi ser flagget som er plassert i bakkant av denne.

Ingen baller å se på greenen, så alle sprer seg rundt for å utforske området. Etter hvert har vi funnet tre baller, som alle ble gjenkjent av sine respektive eiere.

Dermed var det bare meg tilbake. I stor avstand rundt greenen er gresset ikke høyere enn at vi kan se ballen, hvis den er i rimelig avstand fra denne, men så langt ingen ball i sikte.

Plutselig utbryter en av mine venner: Da er det bare ett sted den kan være.

Idet han når frem til flagget, peker han ned og nikker, mens han høyt utbryter: Hole in One.

Det mest nedslående og det mest oppløftende inntrykk av golfens verden ble våre nye venner til del den morgenen. Alt innenfor mindre enn en halv time. Vi skiltes på første hull, de med sine nye erfaringer i golfens verden og jeg med min hole in One.

At vi noen timer senere, etter at tåken hadde lettet og solen skinte fra skyfri himmel, inntok klubbhuset etter en gjennomført runde i herlige naturopplevelser og skulle rapportere min Hole in One, ble vi møtt med et typisk fransk skuldertrekk, etterfølgende et: Ja, og hva så.

Jeg fikk igjen understreket min oppfatning, som jeg allerede hadde dannet meg i min ungdom, om franskmennenes generelle forhold til dem som ikke behersker det franske språk.

Ingen andre enn mine venner viste den minste begrensning for min Hole in One. De til gjengjeld og i begeistringens rus, mente at siden jeg slapp så billig, var det ikke annet de forventet en at jeg inviterte på lunch, hvor det selvfølgelig skulle inngå Champagne.

Gleden var fullstendig på min side.

HUKOMMELSE OG MINNEKAPASITET

Oktober 2018

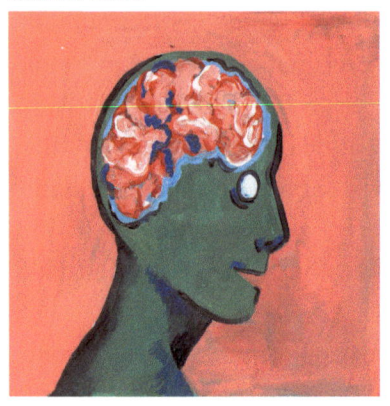

Jeg har kalt denne refleksjonen Hukommelse og Minnekapasitet. Først etter at den ble skrevet, oppdaget jeg ved en tilfeldighet at det allerede eksisterer en tidligere refleksjon om Hukommelsen. Den er datert april 1994, altså for rundt 25 år siden, og er med i min bok REFLEKSJONER I. Jeg har til nå skrevet over 200 refleksjoner og har fremdeles en liste på mer enn 100 overskrifter liggende.

Hvordan kan det ha seg at jeg hittil har unngått Hukommelsen. Den ble satt på listen bare for noen dager siden. Tenke seg til å ha glemt noe så viktig som Hukommelsen. Det er antagelig situasjoner som denne som først minner deg på at du ikke lenger er så ung som du var. Jeg bruker med vilje ikke ordet – gammel – men foretrekker å beskrive utviklingen mot de eldre år som en modningsprosess.

Ettersom jeg ikke vet svaret, stiller jeg spørsmål ved om vi alle er utstyrt med forskjellig minnekapasitet, eller om det kun er snakk om hvordan kapasiteten utnyttes? Her snakker vi ikke om målbare kapasiteter som i dataverdenen. Der er det greit nok, man utvider bare kapasiteten når det er nødvendig. Men ettersom vi mennesker fremdeles ikke kan utvide vår minnekapasitet, ville det være interessant å vite svaret.

Den tekniske utvikling går fremover med stormskritt og lagringsmedienes kapasitet øker stadig mulighetene til nye kvante-sprang innen bruksområdene.

Ja, hadde det bare vært så enkelt når det gjelder oss mennesker.

Kanskje det blir slik en dag, at man bare kan plugge inn ekstra minnekapasitet i en dertil inn-operert kontakt for dette formål. Vel, dette behøver i hvert fall ikke de på min alder å filosofere over, vi må nøye oss med å gjøre som best vi kan med den kapasiteten vi har fått utlevert og som vi vet ufravikelig svekkes ettersom vi modnes.

Jeg blir 80 i mai neste år og har lenge merket at behovet for ekstra minnekapasitet har meldt seg.

Man halter videre med den kapasiteten man har fått utlevert og lurer seg selv til å tro at man prioriterer, at man har evnen til å huske det man vil huske og la det bli prioritert. Kanskje det er noe riktig i det? Ting man mener er uvesentlig for en selv i situasjonen man befinner seg, skyver man til side med håp om at det skal frigjøre kapasitet til viktigere saker.

Alt dette skjer ikke kalkulert naturligvis, selv om man mener at man er seg det bevisst.

Innerst inne tror jeg ikke dette fungerer, altså at man oppnår større kapasitet på de områder man vil huske ved å skyve til side ting man mener er uvesentlige, men det er en god unnskyldning for en selv. Kanskje henger denne metoden sammen med den andre, fortrengningmetoden.

Den siste er kanskje ikke så bevisst. Noen har en evne til å fortrenge, altså ikke å tillate at spesielle uønskede tanker skal oppta kapasitet. For dem det gjelder tror jeg imidlertid at dette har startet tidlig i deres liv og før de ble bevisst kapasitetsmangelen i hukommelsen. Det har antagelig mer å gjøre med menneskelige holdninger og trang til personlig beskyttelse.

Tenk om det var slik at hukommelsen, eller degenereringen av den, førte til at man glemte å bekymre seg over ens gradvis nedsatte evne til å huske.

Personlig har jeg vanskeligheter med fortrengningen. Kanskje det allikevel er et godt tegn at man husker og aksepterer at hukommelsen normalt svekkes i takt med ens fartstid på denne jord.

EN IKKE UVANLIG DAG

21 Mai 2018

Går man detaljene etter i sømmene kunne denne overskriften gjelde mange dager her i Syd-Spania hvor, hvis man er observant, mye fortoner seg litt spesielt for en som er oppvokst i Norden.

Det forbauser en at her slår pendelen fullt ut til begge sider.

Har man bestilt en håndverker til et bestemt tidspunkt på en angitt dag, eller imøteser en levering til avtalt tid av noe man har kjøpt, bør man regne med at dagen avtalen gjelder like gjerne kan avskrives når det gjelder andre aktiviteter.

Jeg må medgi at dette er blitt langt bedre i løpet av de siste 20 år, hvor jeg har tilbrakt mesteparten av min tid her som pensjonist. Jeg må også skynde meg å nevne at Andalusia er noe litt for seg selv i mange sammenhenger og antagelig ikke representativ for resten av Spania.

Enten får man en telefon rett før bilen ankommer, presis til riktig tid, eller hvis man er heldig, en beskjed om at fremmøte eller leveransen ikke kommer til å skje til angitt tid. Men ofte hører man intet i det hele tatt.

Et typisk eksempel som ikke har noe med denne lille historien å gjøre, men som nok kan være litt betegnende når det gjelder leveranser, har jeg nå i flere tilfeller kunnet registrere.

Kort fortalt, jeg får stadig tilsendt prøver eller små leveranser av mine bøker fra Tyskland. Forsendelsene skjer, enten som post eller med DHL. Skjer leveringen som post er det greit hvis det skjer til riktig adresse, vår postboks. Skjer det med DHL, kan en slik pakke ikke leveres til en postboks, så når det er tilfelle har jeg en glimrende avtale med den lokale

Restaurant i urbanisasjonen.

Med det vanlige tracking nummer kan jeg følge pakkens bevegelse. Dette fungerer glimrende, men i den senere tid får jeg helt uforståelige informasjoner. DHL informerer om at det er laget spesialavtale om ny leveringstid med restauranten, altså dreier det seg om forsinkelse.

Selvfølgelig er det ikke laget noen avtale om forsinket leveringstid, så her må det være DHL som skal ha ryggen klar statistikkmessig når det gjelder levering til riktig tid. Vel, vi vet at det ligger i spanjolenes blod å "ta en spansk en". Om det er en spesiell statistikksvindel som dekker verden generelt i dette gigantiske selskapet har jeg ingen formening om, men det er nærliggende å tenke seg at den metoden ikke er en spansk oppfinnelse.

Nok om det, dagen i dag, denne mandagen, starter med at jeg blant annet må en tur i banken. Det skal betales et par regninger til forleggeren i Danmark og ellers må jeg skaffe underskrift på en leve attest i forbindelse med min pensjon. Videre skal avisen, som min kone leser hver eneste dag, hentes.

Vanligvis tar vi disse turene sammen og forbinder dem gjerne med generelle innkjøp og gjerne en kopp kaffe på veien.

Nå har min kone for vel seks uker siden hatt et slag, så det er meg som står for matlaging, innkjøp og ellers det som hører med av oppfølging. Her er det viktigste at blodtrykket skal registreres på bestemte tidspunkt og at en rekke medisiner skal inntas, også til bestemte tider. Alt ser ut til å gå bra, men det er ikke til å legge skjul på at nervene står litt på høykant for tiden.

For å sikre at ikke hele formiddagen går bare til bankbesøket, noe som lett kan skje, gjelder det å være tidlig ute. Her er det nemlig slik at husmødrene stiller i kø etter at mannen har gått til sitt arbeid og frem til hun må hjem igjen å starte matlagingen til lunch. Siesta-tid er normalt fra klokken 14.00 til 17.00, og bankene stenger klokken 14.00.

Den bankfilialen jeg benytter mest åpner kl. 08.30 med begrenset kapasitet, da som overfor nevnt det store innrykket skjer etter kl. 10.00.

Etter å ha servert frokost og gjort kjøkkenavdelingen klar for lunch, kjører jeg det kvarteret det tar til banken.

Filialen betjenes på det tidspunkt jeg innfinner meg, kl. 09.30, av to personer. Bortsett fra et par kunder til er det kun meg til stede, så jeg puster lettet ut og henvender meg til den kvinnelige betjenten som er ledig.

Det er Maria jeg vanligvis venter på å bli betjent av, da hun vet alt om mine banktransaksjoner og er vant til å utføre dem. Hun har enda ikke startet sin arbeidsdag, så derfor tar det en del tid for betjenten å sette seg inn i hvordan overføringen til Danmark skal skje. Etter en tid gir hun opp og da banken stadig bare har noen få kunder, introduserer hun meg til sin mannlige kollega som jeg tidligere har hatt kontakt med når Maria har vært opptatt. Han gjennomfører oppdraget med overføringene og deretter signerer han og stempler leve attesten.

Så langt alt bare bra. Oppdrag nummer en er gjennomført på litt under en halv time.

Nye femten minutters kjøring til forretningen som selger min kones aviser og blader. Den unge damen som betjener denne har klare instrukser om hver dag å legge til side "El Mundo", Spanias konservative hovedavis, samt de blader og innlegg som min kone ellers ønsker og som kommer på forskjellige dager gjennom uken.

Forretningen ligger rett ved siden av Victors cafe – bar, hvor vi ofte inntar vår formiddagskaffe i forbindelse med avis-handlingen.

I dag er jeg alene og benytter anledningen til å besøke bankautomaten, som ligger snaue hundre meter fra Victor's.

Her gjør jeg meg med kortet klar til å ta ut 300 euro. Også i Spania har man begynt å nedlegge bankfilialer og denne, som vi har brukt i lang tid, forsvant for rundt ett år siden og nå er det kun automaten igjen. Jeg legger merke til at den engelske teksten på skjermen ikke eksisterer lenger. Nå går alt bare på spansk.

Ettersom jeg er hjelpeløs når det gjelder automater av enhver art, gjør jeg ett eller annet galt, noe som fører til at jeg får kvittering for uttaket, men uten å motta kontantene. Selv etter litt tid, hvor tålmodige sjeler bak meg ble stadig mer oppgitte, resignerer jeg. Passerer Victor's på vei tilbake til bilen og kommer på tanken om å vise kvitteringen til Victor, som vi har kjent i mange år, for å høre hva han mener. Jo, han var ikke i tvil om at kvitteringen viser at det var tatt ut 300 euro.

Han anbefaler at jeg straks bør avlegge nærmeste filial et besøk for å få en avklaring.

Byen Vera, ti minutter senere. Befinner meg utenfor bankfilialen og finner en parkeringsplass ikke langt fra nærmeste parkeringsautomat. Ved denne står det to parkeringsvakter og ettersom en metall-dør i automaten står åpen, forstår jeg at noe er på gang. Riktig nok, automaten er ute av funksjon. På spørsmål om hvor nærmeste automat er, forstår jeg at den ligger mye lenger vekk enn den jeg ser rett over gaten. Tenker raskt at det er best å prøve den først. Store bokstaver på et hvitt påklistret papir forteller at den er "Fuera de servicio - Ute av drift".

Nå var min tålmodighet også oppbrukt, så det bar rett inn i banken og bort til den første betjenten jeg gjenkjente fra tidligere besøk, som var i samtale med en kollega. Viser frem kvitteringen og forklarer så godt jeg kan på spansk at her er kvitteringen, men at lommeboken er tom. Sekundet etter at jeg har vist henne kortet, forklarer hun at jeg har trykket på feil tast og at operasjonen er annullert.

Godt tenkte jeg lettet, mens hun henviste meg til deres automat. Litt lettere til sinns ber jeg automaten om 300 euro og alt går helt perfekt helt til jeg, for første gang på alle år jeg har benyttet kort, ser at jeg er belastet 10 euro i kommisjon.

Hva har jeg nå gjort galt tenkte jeg.

Tilbake til den første betjenten, som raskt henviser meg til en annen. Med et smil forklarer hun at jeg har trykket på tasten Creditcard istedenfor Current account, så derfor var kommisjonen belastet. Jeg forstod fort at det var en omfattende operasjon å gjøre transaksjonen om og forlot banken med smil og gode miner. Fra å mulig være rundt 3000 kroner fattigere, var alt nå begrenset til rundt 100 kroner.

Vel ute på gaten kommer jeg av en eller annen grunn til å tenke på hvor relativt lite støy det var i det ellers overfylte banklokalet og tok meg til øret. Nei, det er ikke mulig, har jeg i alle skiftningene mellom de vanlige brillene og lesebrillen miste høreapparatet?

Hva har jeg gjort galt som fortjener en slik skjebne tenker jeg igjen og haster over til bilen. Alt som mangler nå for å gjøre formiddagen fullendt, er bare parkeringsboten.

Jeg regner med å bli trodd hvis nå forteller at den satt under vindusviskeren, men heldigvis var ikke det tilfelle.

Høreapparatet ble anskaffet etter at det gamle, for fem måneder siden, forsvant i min koffert som aldri ble funnet på en flytur med Norwegian fra København til Alicante. Den historien, som handler om den verste kundebehandling jeg hittil i mitt liv har vært vitne til, er gjengitt på side 76 i denne boken.

Høreapparatet lå heldigvis stille og rolig i sin spesielle boks hjemme og fikk blodtrykket tilbake på et rimelig nivå. Det er nok at en av oss har utfordring med å holde det på plass.

Det er riktig at overskriften er "En ikke uvanlig dag", for på disse kanter går det knapt en eneste dag uten at uforutsette hendelser inntreffer.

Nå skal man ikke bare se negativt på dette, man stivner i hvert fall ikke til i sin pensjonist-tilværelse.

I DEMOKRATIETS ÅND

14 Juni 2016

Ordet demokrati betyr folkestyre. Folket i demokratisk styrte land bestemmer politikken som skal føres. Det politiske parti som har flertallet, enten dannet ved egen oppslutning av stemmer, eller ved koalisjoner, bestemmer i stor grad politikken som skal føres, så lenge grunnloven følges.

Demokratiet ble utviklet i Hellas 500 år før Kristus og benyttes som styringsform i de fleste vestlige land og i stadig flere land rundt omkring i verden.

I demokratiets ånd må vi, med den frihet styringsformen er ment å gi oss, ta bestemmelser.

Vi står fritt til å velge hvilket parti vi vil stemme på, noe som i prinsippet betyr at vi gir støtte til ideen om at vi alle i prinsippet er like, en styreform som er ment å gi frihet, men som tar alle mennesker under en kam. Med andre ord, som har som manifest at alle i prinsippet er like og som en konsekvens bør dele samfunnets goder.

Ingen problemer med den siden av demokratiet. Hvis denne styringsformen, slik den blir praktisert av enkelte sosialistiske partier hadde hatt en forutsetning til å fungere, tror jeg til og med at jeg selv ville sympatisere med den.

Det er bare ett lite problem med det å dele godene, og det er først og fremst: hvor kommer de fra og hvem har skapt dem?

Deretter, hva med å dele de mange negative konsekvensene som oppstår når godene plutselig ikke eksisterer lenger? Kassen er gått tom som et resultat av at initiativ og drivkraft har uteblitt på grunn av manglende motivasjon, generelle nedgangstider eller fordi man ikke har latt de skapende krefter få tilfredsstillende spillerom.

Det viktigste er, etter min mening, å finne svaret på: Hvor kommer godene fra og hvem har skapt dem?

Hvor stor del av befolkningen tror at økonomi dreier seg om at det finnes bøtter fulle av penger som burde fordeles mellom oss alle? Sterkt forenklet kanskje og heldigvis er det færre og færre som tror det er slik.

Videre er det mange som mener, og dessverre ofte med berettigelse, at noen raker til seg mer enn andre. Sikkert mye riktig i det, korrupsjon skjer dessverre over alt og ikke minst her i Spania.

Så vidt jeg forstår har Spania den udelte gleden av å ligge på første plass i Europa i den sammenheng, men jeg må tilføye at det arbeides hardt for å komme dette uvesenet til livs. Men, som med alle inngrodde vaner, det tar tid å bli kvitt dem.

Grådighet er en desidert uting og selvfølgelig er det mange i samfunnet som uten sosialt ansvar misbruker sin posisjon til å berike seg selv. Det er nok dessverre en naturlig følge av menneskets natur og beviser egentlig at vi ikke på noen måte er like.

I naturen ville ingen dyr overleve hvis det ikke var de sterkeste og beste i flokken som ble ledere. Et demokrati i dyreverdenen ville antagelig ganske raskt føre til utslettelse.

Kanskje det ville være klokt å tenke litt mer på det?

Hvis alle skal bestemme, i seg selv antagelig den eneste rettferdige styreform, vil samfunnet sakte men sikkert gå i stå hvis man ikke åpner opp for kompromisser. Det må aksepteres at noen er bedre enn andre til å skape, og at de under ansvar må gis vilkår som stimulerer og motiverer. I mange demokratiske samfunn ha man heldigvis forstått dette.

Slik det er i dagens demokratier kan som nevnt enkeltmennesket selv bestemme i hvilket politisk segment de ønsker å befinne seg. På denne måten oppnår man tilhørighet, har en plattform å uttrykke meninger fra og oppnår derved for seg selv en samfunnsmessig trygghet.

Hvor mange politiske segmenter, eller partier, et demokrati skal ha er også noe som bestemmes av demokratiets innbyggere. Det står enhver fritt å danne sitt eget politiske parti. Når man sperregrensen når det gjelder velgere, er man i gang.

Det er moralsk riktig at ingen, uten ansvar, skal kunne berike seg på andres bekostning. Nettopp det lille "uten ansvar" er det aller viktigste, for det ligger nok dessverre i mange menneskers natur å prøve seg og la moralen seile i sin egen sjø.

Er ledere som er gode til å fylle bøttene, like gode til å lede samfunnet? Uten å argumentere for eller imot mener jeg at så ikke er tilfelle.

Beskyttende vinger som spres ut over hele samfunnet, og de hensyn som må tas for å sikre alle, hører vanligvis ikke hjemme hos den som setter all innsats inn på økonomisk suksess.

Fordi om man har diplomatiske evner og har studert alle byråkratiets lover og regler, betyr ikke det at man er en god leder og langt fra at man har økonomisk teft. Her som ofte ellers gjelder ikke alltid sort/hvitt regelen.

Når vi snakker om motsetninger, og aksepterer at det er slik, er det bare logisk at man må akseptere at begge ytterligheter er nødvendige betingelser for å få samfunnet til å fungere. Begge ytterlighetene må derfor stimuleres til å yte sitt beste.

Toleranse, balanse og kompromiss er viktige faktorer i denne sammenheng.

Når det gjelder politikeren er det etter min mening mye riktig i Nelson Mandelas kortdefinisjon: Politicians want their ideas to stay alive.

Jo flere som skal være med å bestemme, jo flere byråkrater må det til for å utrede og klarlegge de forskjellige synspunkter. Byråkratiet koster og jo større det blir jo mer komplekst og dyrere blir det. I sakens natur skaper byråkratiet i seg selv et kontinuerlig behov for vekst.

Det er vanskelig å forestille seg en demokratisk styreform

som ville fungere uten Byråkrati. Uttrykket: Jo flere kokker jo mere søl, er nærliggende å referere til når man skal ta hensyn til alle fraksjoner i samfunnet.

Wikipedia beskriver byråkratiet som følger: Byråkrati er en hierarkisk organisering av beslutnings-taking der enkeltsaker behandles av saksbehandlere med nøye avgrenset beslutningsmyndighet etter et felles sett regler, og der alle ansatte (byråkrater) er ansvarlige overfor ledelsen for at beslutningene er i henhold til regelverket. Hensikten med byråkrati er å sikre likebehandling av like saker og stor grad av detaljkontroll fra ledelsen.

Byråkratisk organisasjonsform er en forutsetning for at offentlig forvaltning i et demokrati skal kunne fungere. Men en finner også trekk av byråkratisk organisering i (større) private bedrifter. Vektlegging av korrekt prosedyre fører ofte til at en byråkratisk organisasjonsform blant annet er kritisert for å bruke unødvendig mye tid på å fatte avgjørelser. Derfor brukes ordet "byråkrati" i dagligspråket oftest som et nedsettende uttrykk for tungvint saksbehandling.

Irlenderen Edmund Burke skrev om konservatisme i et demokrati tilbake på syttenhundretallet:

"I believe in the essential weakness and corruptibility of human nature, in the incapacity of the average man to resolve his problems in a rational manner, in the irrelevance of most "rational" solutions to political problems".

Samfunnet er ifølge Burke ikke en rasjonelt konstruert struktur, men en organisme som utvikler seg gradvis. Ethvert forsøk på radikal omveltning må derfor ende i katastrofe. Fornuftens begrensinger gjør at tradisjonen må respekteres og revolusjonen fryktes.

Wikipedia beskriver Establishment som en benevnelse på den dominerende gruppe eller elite som innehar makt eller autoritet i en nasjon eller organisasjon. Det kan være en sosial lukket gruppe som velger sine egne medlemmer eller spesifikke elitestrukturer i en regjering eller en spesifikk institusjon.

Det politiske byråkrati innbefatter også en elite som styrer og dominerer.

For meg står det klart at nettopp fordi, som det beskrives i Wikipedia, at: The Establishment er en benevnelse på en dominerende gruppe eller elite som innehar makt eller autoritet i en nasjon eller organisasjon, kan det hele lett få en proteksjonistisk slagside.

Vil det ikke være ganske naturlig at de som arbeider i The Establishment, i en slik konstellasjon gjør det de kan for å sikre seg og sine ved å skjerme seg fra innsyn fra oss vanlig dødelige? I deres øyne er vi antagelig for sneversynte og inkompetente til å forstå det komplekse helhetsbildet det dreier seg om når det gjelder å styre samfunnet.

Jo mer komplisert og omfattende, jo mer avskjermet og utilnærmelig blir The Establishment. Hensikten oppnådd.

Skal demokratiet fungere etter definisjonen må The Establishment og byråkratiet på en eller annen måte gjøres synbart og angripelig.

Hvordan det skal gjøres på en fredelig måte har jeg intet svar på, men at det er nødvendig er jeg ikke i tvil om.

KAPPLØPET

Aug. 2018

Det som trigget meg til denne refleksjonen, hendte en ganske vanlig torsdag nå i august. Settingen er som følger:

Min kone hadde en avtale med Nicole, et kvartes kjøretur hjemmefra. Ettersom hun for tiden ikke kan kjøre bil selv, grunnet et slag hun hadde for noen måneder siden, er det meg som står for transporten.

Alt passer bra, vaskehjelpen kommer kl. 9.30, avtalen om en runde manikyr hos Nicole skal skje kl. 10.30, og så avsluttes dagens avtaler med min kones ukentlige rehabiliterings-time kl. 12.15, før dagens handlerunde.

Jeg tilbringer ventetiden mens hun er hos Nicole, på Victor's cafe og bar, bare noen skritt fra inngangen til hennes salong og har bestilt en sitron-te og litt vann. Selv om det er litt kjøligere i dag enn det har vært de siste par måneder, viste gradestokken 29 for en time siden på terrassen. Av erfaring vet vi at den da ender på oppunder de 35 midt på dagen.

Alle bord under parasollene hos Victor's er så godt som fulle og ettersom det fremdeles er rundt en time før hun er ferdig, får jeg tiden til å med å starte på denne refleksjonen.

Det tar noen minutter fra vi setter oss i bilen til vi er ute av urbanisasjonen, og før automaten legger inn øverste gir.

Vi blir straks forbikjørt av en knallrød Volkswagen Polo. Ikke mer enn noen titalls sekunder senere er distansen mellom oss bortimot en kilometer.

Ettersom Nicole, som for øvrig er italiensk, bor i samme urbanisasjon som oss, kjenner vi godt til hennes røde "tysker" og hennes innlysende glede av å utfordre dens ubetingede kjøreegenskaper.

Det var umiddelbart etter hennes forbikjøring at jeg kom til å tenke på et annet "kappløp".

I dette tilfelle var det Nicole som skulle åpne sin Salong Favola før min kone kom og riktig nok, vel ti minutter etter forbikjøringen skimter jeg den knallrøde bilen en snau kilometer foran oss på den nybygde veistrekningen, idet den etter rundkjøringen ved enden svinger inn for å parkere. Det var kun trafikken som gjorde det umulig for henne å øke distansen med flere kilometer.

I min historie, hvis eneste geografiske sammenligning er at den også skjedde i et latinsk land, nærmere bestemt Italia, dreide seg om en helt annen setting.

Som leder av det norske landslag i leirdueskyting, nærmere bestemt Skeet, gikk turen til byen Montecatini Terme, ikke langt fra Firenze. Det dreide seg om et stort internasjonalt mesterskap med deltagere fra hele Europa. Dette skjedde en gang tidlig på sytti-tallet.

Jeg kunne stadig gjøre meg rimelig godt forstått på Italiensk etter mitt skoleopphold i Italia i 1956-58 og hele troppen fikk et uforglemmelig opphold på alle måter selv om det ikke ble medaljeplass. Avslutnings-middagen, hvor jeg kunne takke for oppholdet på vegne av "La squadra Norvegese", det norske Landslag, på italiensk med etterfølgende festligheter, ble et spesielt minne for oss alle.

Som leder for troppen, som for de aller flestes vedkommende var sterkt begrenset når det gjaldt utenlandserfaring, var det klart et stort ansvar for meg at alt skulle klaffe til minste detalj.

Skytingen foregikk over tre dager, så det var nok av administrative aktiviteter for mitt vedkommende.

Troppen var innkvartert på samme hotell og helt fra avreise til hjemkomst var alle pass, billetter, samt eksport og import-papirer på våpnene, i min varetekt.

Etter litt spredning når avslutnings-middagen var over, innfant endelig alle seg på hotellet.

Jeg hadde naturlig nok ordnet det hele med tidlig avgang til flyplassen i Pisa neste morgen. Bussen bestilt, vekking og frokost organisert i god tid – alt i skjønneste orden. Distansen på motorveien fra Montecatini Terme til Pisa ser jeg i dag er 53 kilometer og regnes som er 45 minutters tur. Hvor mye som var motorvei den gang husker jeg ikke, men jeg fikk en spesiell erfaring denne morgenen med at det er flere veier som fører til Pisa.

Våkner brått ved at solen treffer ansiktet. Spretter fortumlet opp av sengen, ser på klokken og konstaterer at bussen, hvis alt hadde gått etter planen, nettopp skulle ha forlatt hotellet.

Minuttet senere befinner jeg meg i resepsjonen, hvor eieren hilser meg velkommen med et smil. Det ble ikke på noen måte besvart med et smil fra min side. Sjelden, hvis noen gang i mitt liv, har jeg tatt noen i kragen, men nettopp det skjedde. Hvorfor var jeg ikke vekket og hvor var troppen?

Det med at jeg ikke var blitt vekket beklaget han, men alle de andre hadde både spist frokost og satt nå i bussen på vei til flyplassen. Alle uten billetter, pass og våpenlisenser. Panikken gikk raskt over i tanken på nødløsninger.

Tenke seg til oppslaget på første side av Dagbladet: "Reiseleder for landslaget i leirdueskyting, svikter troppen under internasjonalt stevne i Italia."

Taket i kragen strammes, hvoretter jeg gjør det ganske klart at om to minutter er jeg tilbake med kofferten og at det kun er ett alternativ. Han bringer med til flyplassen før bussen når frem, uansett valg av fremgangsmåte. Idet jeg igjen befinner meg i resepsjonen, står eieren i døren og vinker meg ut i en Alfa Romeo av typen stor sedan.

Uttrykket at alle veier fører til Roma, gjelder selvfølgelig ikke for Pisa, men aldri, hverken før eller senere, har jeg vært passasjer i en bil på vanlig landevei, som stadig overgikk fartsgrensen på motorveiene. For hotelleieren tror jeg nærmest dette ble en utfordring som han satte pris på og det var ikke grenser for hans stolthet da vi ved ankomst til flyplassen registrerte at ingen buss han gjenkjente, befant seg der.

Vel ute av bilen med kofferten i hånden og umiddelbart etter at jeg tross alt takket hotelleieren for fin kjøring, kommer bussen trillende inn foran avgangshallen med et lystig og oppglødd norsk landslag.

Ingen hadde tenkt på meg viste det seg, alle hadde tatt det som en selvfølge at ettersom jeg ikke viste meg ved frokost-borden, var det fordi jeg hadde dradd i forveien for å ta imot dem på flyplassen og ønske velkommen til hjemreisen, og det var nettopp det siste jeg gjorde.

Jeg mener å huske at jeg lot episoden forbli i min varetekt, da ingen ville være tjent med å få vite hvor nær den store katastrofen de alle, inklusiv meg selv, hadde vært:

Hotelleieren med sin store Alfa Romeo hadde vunnet kappløpet for meg.

PAPA NOEL

Der står man da på driving-rangen (treningsfeltet) med et utvalg golfkøller, og slår ball etter ball ut i den tomme luften i håp om at man skal bli bedre. For meg dreier det seg ikke om å bli bedre enn andre i konkurransegolf, men om å bedre mitt eget spill.

Det er tydelig når man ser på resultatet at jeg burde benytte langt mer tid på treningsfeltet enn jeg gjør, men man må huske på at jeg er pensjonist og derfor har det fryktelig travelt med all verdens gjøremål.

Nå er det ikke disse andre gjøremålene som er årsak til at det har gått sju uker siden min siste hår-klipp. Vanligvis skjer dette hos den samme frisøren som min kone benytter nede ved kysten, og da hver fjerde uke. Jeg føler meg svært vel med dette intervallet mellom "stussingene", og har fulgt denne rutinen i flere år. I og med at jeg ikke har hverken bart eller skjegg som skal stelles, tar seansen godt under ti minutter.

Nå er imidlertid denne frisøren utrolig populær blant de fruene som regelmessig ønsker å ta seg godt ut på håret, noe min kone heldigvis aldri forsømmer.

Frisøren som er fransk og kun har en kvinnelig medhjelper, er derfor i den heldige kategorien som har mer enn nok arbeid. Min kone har faste avtaler langt inn i de foranliggende måneder og normalt gjelder det også meg.

Denne gangen har det imidlertid oppstått en liten logistikk-feil, uten at skylden skal legges på hverken min kone eller frisøren. Jeg holder meg til mitt slagord om at det alltid er sjefen som har feil når noe går galt, så den lar vi ligge.

Ettersom vi når dette skrives er rimelig tett oppunder jul, ble konsekvensene av logistikkfeilen, når den ble oppdaget, at det fire uker lange intervallet ikke kunne opprettholdes selv om medgått arbeidstid er under ti minutter for frisøren, og at min kone antagelig er en av hans beste kunder. Denne gangen ble intervallet sju uker.

Ettersom jeg alltid har likt å la håret kruse seg litt i nakken, så førte de ekstra tre ukene til at både sidene og krusingen i nakken antok helt uakseptable dimensjoner. Toppen er det mindre farlig med, for den har ettersom årene passerer gradvis innfunnet seg med at her skal det ad naturens vei allikevel bli mer glissent.

Dagen før det endelig var meg som skulle sitte i frisør-stolen, som man forstår etter tre ukers tidsoverskridelse, tok jeg en liten tur opp på treningsfeltet foran hotellet.

Uten å ha talt dem vil jeg tro det dreier seg og rundt 20 utslags-steder, som enhver som føler for det kan benytte til trening av sine golfferdigheter. For å hente baller fra ball-maskinen, benytter man kort eller sjetong som man kjøper i pro-shoppen (golf-forretningen). Ballene kommer ut av maskinen, og havner i en plastikk-kurv som man plasserer på et dertil egnet sted. Hvert klipp eller hver sjetong gir rundt 25 baller.

Ettersom denne fredag ettermiddagen var herlig solfylt, og relativt varm for årstiden, var de fleste utslags-stedene opptatt. Jeg fant meg raskt en av de få ledige, satte fra meg mine medbrakte køller og gikk for å hente baller.

Det viste seg at Martin, den profesjonelle treneren i Valle del Este, underviste 6 - 8 barn i 8 -10 års alderen. Mange foreldre var tilstede, medbringende søstre og brødre av de unge håpefulle som fikk undervisning, slik at også disse kunne få et innblikk i hva som foregikk.

Så står jeg der da som alle andre og gjør meg klar. Både spillere som er ferdig med sin runde og andre som skal ut på en 9 hulls ettermiddags-runde, samt gjester som bare har hatt eller skal ha seg en forfriskning på terrassen foran hotellet, spaserer forbi.

Mange stopper opp for å se på oss som trener, og kommenterer diskret seg imellom hva de synes om kvaliteten på slagene.

Den første kurven med 25 baller er tom og jeg henter en ny. Det mer grove verktøyet i kølle-assortimentet skal nå aktiveres. Av en eller annen grunn pirrer det mer når man benytter stor-klubben, (driveren). I hvert fall teoretisk er det den som skal gi den største lengden.

Vel tilbake på tee-stedet gjør jeg meg klar til et første forsøk på å nå 200 meter merket. Oppstillingen er viktig. Mens jeg stadig fokuserer på ben-stilling, retning og knebøy, hører jeg en klar og tydelig barnestemme: "Mira Papa – Papa Noel juega al golf". (Se pappa, julenissen spiller golf).

Idet jeg snur meg ser jeg gutten med venstre hånd i farens høyre, og sin egen høyrehånd pekende mot meg.

Med et stort smil kvitterer jeg: "Feliz Navidad" (God Jul).

Etter gjensidige smil haster far og sønn videre, mens jeg kom til å tenke på hvordan jeg var kledd. Gul langbukse, golf-skjorte med hvit krave over toppen på den rosa genseren, og med en rød cap (golf-lue). Ikke rart at dette sammen med min gråhvite krøllete nakke og rufsete kinnskjegg under capen, hadde fått gutten til å trekke sammenligning med julenissen, nå som julen ikke er langt unna.

Jeg er slett ikke sikker på om faren ikke lot det bli med at det var den riktige Julenissen gutten hadde truffet.

SKAPERENS "PASSER"

Februar 2018

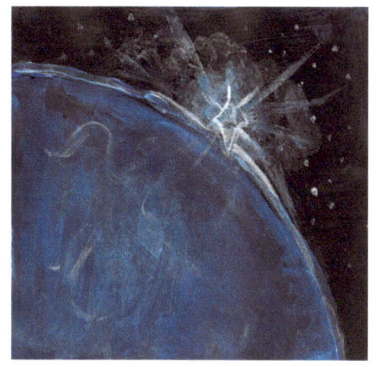

Det mest presise instrument jeg kan tenke meg, er Skaperens "Passer".

Allerede for millioner av år siden var vår planet, moder jord, forberedt på det som skulle skje, at vi individer skulle bli den rasen som er skapt til å organisere og bygge opp vår verden slik vi ser den i dag. Det var bare snakk om hvor lang tid det ville ta for skaperen å finne de riktige forhold og kombinasjoner til å skape oss mennesker slik vi fremstår i dag. Langt fra fullkomne men allikevel den rasen som er best skikket til å organisere det vi kaller vårt verdenssamfunn.

Evolusjonen fortsetter naturligvis, vi er bare så vidt begynt forsøket på å få orden i våre egne rekker her på vår planet.

Med et uendelig antall galakser i verdensrommet, spesialistene hevder at det er flere hundre milliarder av dem i bare den del av universet vi kan se og de milliarder av planeter man i dag mener vårt solsystem består av, står det ganske klart for meg at naturen, som jeg for min forståelsens skyld forenkler til Skaperen, må ha hatt matematiske egenskaper i stor stil.

Vår planet roterer rundt solen og i vår galakse er det vel den som er den viktigste betingelsen for vår eksistens. I motsetning til oss "fantastiske"skapninger, som er nykommere på planeten, har den eksistert i noe sånt som 4,6 milliarder år.

Alt dette er selvfølgelig "drøvtygget" av spesialister på alle områder relatert til universet. Avhandlinger i alle former og avskygninger har sikkert dekket emnet i allverdens former og godt er det.

Andre, med minimal kunnskap til saken, har som meg sikkert også satt sine tanker og meninger på papiret om dette, om enn ikke verdifulle for vitenskapen så i hvert fall for en selv og muligens også for noen spesielt interesserte.

Det jeg har festet meg mest ved er hvor utrolig nøyaktig og presis Skaperens "Passer" må ha vært, den gang han bestemte hvorfra vår planet skulle få sin energi og i hvilken form den skulle motta den typen energi som skulle til for å gi grunnlag for liv i den form vi kjenner.

Når det gjelder solen, som Skaperen valgte som energikilde når han konstruerte vår planet, så sender den som vi vet sin energi i form av solstråler, som i henhold til vår tidsskala bruker 8 minutter og 19 sekunder fra de starter der oppe, eller nede, alt etter hvor vi som planet befinner oss i tid i vår tidsregning, til de når oss.

Der jeg bor i Syd Spania, grenser vi til Middelhavet på den ene siden og ellers er vi stort sett omkranset av fjellkjeder som strekker seg opp til rundt fjorten hundre meter over havet.

Etter norske forhold har vi, med få unntak, sommertemperatur året rundt, mens vi vinterstid i perioder ser snø på de høyeste fjelltoppene.

Under to hundre og femti kilometer unna kan vi fra enkelte steder se snøfjellene i Sierra Nevada med sine glimrende skiforhold i flere av årets måneder. Den høyeste toppen når 3478 meter over havet.

Av årsaker som vi mennesker etter min mening i begrenset grad er med på å skape ved vår ubeherskede ensidige grådighet, ser vi skiftende års-rytmer når det gjelder vær og vind, regn og snø, og derved naturligvis både tørke og oversvømmelser.

Her befinner vi oss, arme mennesker på vår jord, i en situasjon hvor vi griper til tiltak som skal, og selvfølgelig vil, ha betydning for generasjoners fremtid. Sannheten, slik jeg ser det, er den at vi ikke har kapasitet til å tenke lenger frem i tid.

Ingen grunn til å gå mer i detalj rundt dette emnet. Det er god føde for byråkrater og politikere og sånn skal det nødvendigvis være.

Ellers er det selvfølgelig utrolig viktig at vi alle bevisst deltar i bestrebelsene om å verne om vår planet med alle tilgjengelige midler som vi etter hvert rår over.

På tegnebrettet til Skaperen, den gang vår galakse var under forberedelse, ser jeg for meg solen som en sirkel.

Det jeg fester meg ved er Skaperens "Passer", som i en eller annen form må ha blitt brukt.

Jeg ser først for meg solen som en sirkel i senteret på tegnebrettet. "Passerens" sylskarpe spiss må så ha blitt plassert midt i senteret av denne. Med sin gudommelige hjerne har Skaperen allerede regnet ut hvor lang distansen må være for å skape en planet hvor energien fra solen kan danne grunnlag for liv av vår art. Han må så med "Passeren" ha trukket en sirkel med riktige utregnet radius. Denne sirkelen danner senter på vår planet, som til enhver tid vil følge omkretsen på denne under sitt kretsløp rundt solen.

Han har allerede tegnet milliarder planeter som tilhører vår galakse, så nå må han kontrollere sine kalkulasjoner slik at vår planets vandring rundt solen ikke kolliderer med andre på sine rundturer.

Presisjon maken til hans kalkulasjoner for å løse konstruksjonen av vår galakse, har vår vitenskap, uten forkleinelse for noen, lysår igjen for å nå.

Med havet som utgangspunkt og opp til den høyeste fjelltoppen på vår planet, Mount Everest, er det 8848 meter. Om det er målt ved høyvann eller lavvann vet jeg ikke, men i denne sammenheng er det vel ikke de detaljene som teller?

Energien vi får fra solen og som muliggjør alt liv vi kjenner til må ikke bare være stabil, den må være 100% stabil. Tenke seg til at solstrålene har reist 149,6 millioner kilometer før de treffer oss, uten å ha blitt forstyrret og forsinket på veien.

Under havflaten er det også liv, ja, faktisk et hav av liv, men ikke for oss mennesker uten kunstige hjelpemidler, men som energi for oss i form av mat. Snedig løsning.

Nærmer vi oss toppen av Mount Everest kan utrente mennesker normalt ikke leve uten kunstig surstoff.

Forholdene for liv i form av oss mennesker på denne planeten har dermed, uten hjelp av kunstige midler, bare rundt 8000 meter over havet til rådighet. Det er godt å tenke på at vi fritt kan bevege oss på hele planeten uten hjelp av kunstige remedier, så lenge vi holder oss innenfor denne høyden.

Tar man så med i betraktningen at vi roterer rundt solen på 365 døgn, etter vår tidsmåling, skal vi være prisgitt at Skaperens hjerne var som den må ha vært, og kanskje fremdeles er, og at "passeren" han brukte og kanskje bruker, virkelig var-er et helt spesielt presisjonsinstrument.

Så kan man lure på om skaperverket han hadde som mål å kreere, nå er gjennomført, om sluttstreken er satt eller om Skaperen stadig sitter ved tegnebrettet og kreerer nye solsystemer med nytt liv i en eller annen form.

I så tilfelle har det vel skjedd en utvikling også i den sammenheng, så kanskje han i dag benytter en elektronisk "passer" som gir enda mer nøyaktighet enn den han brukte i tidenes morgen? Nyskapningene blir jo stadig flere og helheten mer komplisert og det gjelder jo at han begrenser antall kollisjoner.

Kanskje er vi så heldige at han allerede har skapt, eller kommer til å skape liv ett eller annet sted der ute hvor han, med bakgrunn i de feil han gjorde med oss mennesker på denne planeten, har avskaffet våre dårlige egenskaper og forbedret de gode.

STOCKHOLMS-MINNER FRA KRIGENS DAGER

2016

Jeg husker bare bruddstykker av hendelser fra mitt opphold i Stockholm under krigen og det er bare to som virkelig gjorde inntrykk på meg den gangen. Den første husker jeg bare fragmenter av, mens den andre var det meg som flere år senere fortalte familien. Den tredje husker jeg selv ikke noe av, men min mor glemte aldri historien om "Giftpillen", som jeg gjengir i en kortversjon.

Jeg kom til Stockholm i februar 43 og ble der til jeg ble "kidnappet" den 12. juni i 1945. Historien om kidnappingen er gjengitt i min bok REFLEKSJONER III.

Uten at det blir for mye historisk oppramsing må allikevel årsaken til mitt opphold på den andre siden av grensen østover, belyses.

Mor giftet seg i 1936 med min engelske far George Bernardes og flyttet til England hvor jeg ble født den 14. mai 1939.

Litt merkelig er det kanskje at han, som ved siden av å drive familiebedriften også var offiser i Englands eldste regiment, The Honorable Artillery Company, ble overført som konsul til Haugesund i Norge. Regimentet ble etablert i 1537 og er blant annet en del av: The 1st Intelligence, Surveillance and Reconnaissance Brigade, så kanskje det ikke var så merkelig allikevel. Jeg har forstått at han, ved siden av det konsulære arbeid, var mest opptatt av å overvåke maritime bevegelser. En av grunnene til dette var antagelig at han hadde rimelig godt kjennskap til Scandinavia og også snakket en del norsk.

Etter hvert som krigen utviklet seg og tyskerne besatte landet, trakk han seg nordover og havnet til slutt i Åndalsnes i Møre og Romsdal, hvor stedet han oppholdt seg fikk en fulltreffer av tyske bombefly.

Han overlevde og ble overført til Ålesund sykehus, sterkt ramponert av metallsplinter i hodet.

Via Vollan fengsel i Trondheim ble han deretter, av tyskerne, overført til Møllergata 19 i Oslo, og senere utvekslet til Sverige. Den 25. juni 1941 ble han operert av den kjente hjerne-kirurgen Olivecrona og var i ett og et halvt år rekonvalesent på det han selv beskrev som Badhotellet Sanatorium utenfor Stockholm. Han ble etter dette utnevnt til britisk visekonsul I Stockholm.

I sine egne nedtegninger skriver han: *It was not before May 1942, that my wife and son in occupied Norway had been permitted to join me here in Sweden, after Christmas 1942 before they learned the good news, and in February 1943 they were able to arrive.*

Den første tråbilen må vel være et stort inntrykk for en liten gutt. Slik var det også for meg. For flere år siden snakket jeg med Gunnar Sønsteby på telefonen, for å få en oppklaring på noe som jeg ikke helt har hatt klart for meg.

Jeg husker jeg fikk min første tråbil men har hatt den oppfatning at det var en gave fra Max og Gunnar. Gunnar bekreftet at han på et meget tidlig tidspunkt, etter at mor begynte på den Engelske Legasjon og han hadde truffet henne der, ble invitert hjem til oss i leiligheten. Han var den eneste gjest og hadde kjøpt en tråbil som presang til meg.

Jeg mener bestemt å huske at den var rød, men det kan være et inntrykk som blander seg med at den første tråbilen min halvbror Lillemax fikk på Landøya også var rød.

Ifølge Gunnar hadde jeg tråkket rundt i leiligheten og vært svært fornøyd med gaven. Med andre ord, bilen var en gave fra Gunnar alene. Han nevnte videre at han under besøket ikke følte seg varmt velkommen og at far nok bar preg av sine skader.

Gunnar som var i Stockholm ved flere anledninger den gang mente at han var den eneste av "gutta" som ble invitert hjem til oss, og det ble med den ene gangen. Max hadde så vidt han husket aldri vært i leiligheten.

I tiden før leiligheten i Sandhamnsgatan 33, nummeret kan være feil, bodde vi på et lite pensjonat, hvorfra det bare finnes ett bilde av meg i en form for uniform.

Leiligheten lå i en av mange blokker og av bilder jeg har sett, ikke i min besittelse, var disse helt ordinære.

Mor kunne sikkert bekreftet om de hadde piano der, men nå er det for sent. Hun døde i 2010. Jeg innbiller meg det, men det kan også være at jeg blander inntrykket med at jeg senere, på landøya i Asker, hvor jeg vokste opp etter krigen, lå under flygelet med engelsk-setteren,"Pet" og hadde fredelige stunder når mor spilte på sitt Bechstein flygel.

Tilbake til Stockholm.

Det ble stadig bygget flere boligblokker i området hvor vi bodde og i den forbindelse var det satt opp en stor boligbrakke for arbeidere på to eller tre etasjer. På det tidspunktet jeg beskriver var det heldigvis enda ikke flyttet noen inn. Jeg husker at jeg var sammen med noen andre gutter, men hvordan vi kunne være der alene uten oppsyn fatter jeg ikke. Jeg antar at det må ha vært en weekend, fordi området, bortsett fra oss, var folketomt. Dette må ha skjedd i 1944, noe som betyr at jeg var 5 år. Hvem som hadde ansvaret for meg den dagen aner jeg ikke, men noen må det ha vært.

Plutselig står vi i et rom med en stor jernovn. Av uforståelige grunner må jeg ha hatt fyrstikker med meg og kom raskt frem til at kombinasjonen ovn og fyrstikker kunne utnyttes. Med mye planke-kutt som lå over alt på gulvet, tok det ikke lang tid å fyre opp. Det var antagelig kaldt og planen var vel at vi skulle varme oss.

Nå viste det seg raskt at ovnen ikke var knyttet til noen

skorstein, så dermed fikk pipen en annen låt. Flammene slo ut der det skulle vært et rør til skorsteinen og vips ble det fyr i veggen.

Det ble panikk og masseflukt. Etter dette husker jeg kun at jeg løp på grønt gress over et kjempeområde med mange fotballbaner. Innbiller meg at det var korteste vei til Legasjonen hvor mor arbeidet. Brannbilene hylte og bak meg sto hele brakken i lys lue.

Jeg har så vidt jeg vet aldri hatt anlegg for pyromani, så tanken på å varme oss var sikkert vel ment.

Det merkelige er at mor aldri kunne erindre episoden. Er det mulig at jeg, vi, klarte å holde tett? Vel, ingen ble fysisk skadet, men for meg ble det både lukt, farge og stemning ut av hendelsen.

Heldigvis har jeg aldri senere i livet hatt ubehagelige opplevelser når det gjelder brann. Det har blitt med peiskosen og den er jo langt fra ubehagelig.

Det var godt jeg var for liten til å forstå noe som helst av følgende historie, som utspant seg på mors kontor i den Engelske Legasjon. Jeg gjengir et kort utdrag av kapittelet kalt "Gift-pillen", fra hennes biografi "Tikken Manus sabotørenes hemmelige medspiller", som ble utgitt i 2008, med tillatelse fra forlaget.

"Jeg stortrivdes på det lille kontoret. Det var intimt. Gjennom skråvinduet kom det hver dag et ekorn for å hilse på å få brødsmuler av hånden min. Jeg hadde en stol til meg selv og en til sabotørene som kom hit. Ingenting av det som ble sagt der inne, måtte komme utenfor rommet. Jeg ble kalt tante av karene fra Kompani Linge. Det var kodenavnet mitt, og også koden til safen".

Til høyre for kontorplassen sin hadde Tikken et stort jern-skap. Hun måtte stadig forsikre seg om at det var nøye avlåst.

"Det store, fryktelige jern-skapet inneholdt imidlertid også noe jeg satte stor pris på: en hylle fylt med Players sigaretter. De andre gjenstandene i skapet var knyttet direkte til den illegale virksomheten. Gift-pillene var det bare jeg som hadde tilgang til".

På søndagene måtte Tikken ta med seg George på kontoret, en liten nysgjerrig gutt på tre-fire år, for da var daghjemmet hans stengt. En søndag leker han på gulvet som han pleier. Han har med seg noen små tinnsoldater han lager små historier med. Hver enkelt får liv når han gir dem stemme og personlighet. Tikken hamrer løs på skrivemaskinen for å få av gårde dagens rapporter til England. Det haster: Hun åpner jern-skapet og forsyner seg med en pakke sigaretter, tenner seg en røyk og skriver konsentrert videre. Hun hysjer på George når han hamrer med tinnsoldatene i gulvet.

"Plutselig ser jeg han stå der med en gift-pille i hånden! Jeg trodde hjertet mitt skulle stoppe og min siste time var kommet. Min lille gutt med den store rosa pillen. En slik pille kunne avslutte livet til en voksen mann på under et minutt. Jeg ser det for meg som om det var i dag. Den er lyserød og ganske stor og så ut som et deilig sukkertøy. Den kunne jo være så fristende for en liten gutt. Jeg hadde vært uforsiktig og hadde bare meg selv å bebreide. Å være så ubetenksom å la døren til skapet stå åpen! Jeg kom til meg selv, og med et lyngrep fikk jeg fatt i gutten og fravristet ham pillen han holdt på å putte i munnen"

Antagelig var det bare en tilfeldighet som gjorde at jeg ikke svelget gift-pillen den søndagen på mors kontor, før hun oppdaget hva som var på vei til å skje.

STYREMØTE I KØBENHAVN

Desember 2017

Denne historien har egentlig ingen ting å gjøre med styremøtet i København. Den dreier seg om min helt spesielle erfaring i forbindelse med hjemreisen.

Utfallet av hendelsen vites ikke når dette settes på papiret.

Det er i dag gått omtrent en måned siden jeg den 9. desember 2017 ankommer Kastrup flyplass i København for å fly til Alicante i Spania, for derfra å kjøre sydover de to timene det tar hjem til Valle del Este ved byen Vera.

Jeg skal sjekke inn på Norwegians flight 085371 med avgang 11.45.

En rekke automater for innsjekking er plassert i området utenfor innsjekkingsskrankene hvor det forventes at man, etter å ha mottatt boarding-pass og bagasjelapper, skal levere sin eller sine kofferter ved en såkalt "Baggage drop" skranke.

Ettersom jeg vet at jeg har flere kilo overvekt og ellers raskt nærmer meg de åtti og ikke er særlig bevandret i nymotens automater, henvender jeg meg til en uniformert kvinnelig person, som følger meg over til en av disse "robotene". Litt nedlatende ber hun meg om billetten og plasserer strekkoden under en avleser. Ingen reaksjon. Etter et par forsøk og etter å ha konstatert at de andre automatene var opptatt, og at folk står i kø rundt dem, sier hun at den angjeldende automaten er i stykker og at jeg får henvende meg direkte i skranken.

Dette passet meg glimrende. Der blir jeg mottatt av en hjelpsom betjent som straks konstaterer at vekten på min koffert er 29 kilo. Jeg skulle slippe unna, sier han, med å betale for 8 kilo – 640,- Dkr. takk. Kredittkortet frem og alt i orden. Det siste jeg ser er at kofferten forsvinner gjennom luken bak ham, med den brune sirkelrunde identifikasjonbrikken merket Valle del Este Golf Resort – Vera Almeria, med mitt visittkort inni.

To timer til avgang ifølge informasjonstavlen. Jeg setter meg med en kopp kaffe og min kabinkoffert og tenker gjennom hendelsesforløpet fra jeg den femte desember, for fem dager siden, fløy fra Alicante til København for å delta i årets siste styremøte i familiefirmaet og for å treffe familien som var kommet fra Oslo. Bortsett fra min datter og svigersønn var, for første gang, mine to barnebarn Nicolas og Oscar også med for å delta. Ettersom jeg også skulle ha møte i en annen sammenheng ankom jeg en dag før familien.

Familiefirmaet har forgreninger i alle de tre nordiske land. Derfor holdes til tider styremøter i København.

Eneste mulighet, innenfor rammen av menneskelige avgangstider, var å fly fra Alicante til Oslo med Norwegian og så, etter en times opphold, sydover igjen til København med SAS. I og for seg helt greit, men dermed gav det seg selv at jeg kun måtte benytte håndbagasje, da det ikke ville være tid til å få en innsjekket koffert overført fra Norwegian til SAS under det korte oppholdet. I og med at det dreide seg om to forskjellige flyselskaper måtte jeg sjekke inn helt på nytt i Oslo.

Nå hadde det seg slik at jeg fra København tilbake til Spania skulle ha med meg en del saker, så jeg var på forhånd innstilt på å kjøpe en koffert i København og registrere denne som innsjekket bagasje på hjemveien.

Jeg reiste fra Alicante den 5 desember og skulle ha mitt første møte den 6. Dette møtet dreide seg om å gjøre opp status på et prosjekt i et annet firma.

Alt skjedde etter planen og jeg ankom hotellet fra møtet med min på forhånd tømte håndkoffert som nå var full av tunge bøker, hvortil jeg selv er forfatter, samt en plast-bag inneholdende et elektrisk selvdrevet hjul. Historien om hjulet, som dekker ett av 4 kapitler i bøkene jeg har i kofferten, skal jeg ikke gå nærmer inn på her.

Styremøtet i Max Manus AS ble avholdt den 7nde med etterfølgende middag og fredag var det familiesamling etter at jeg om formiddagen, på Illum, hadde anskaffet både en ny håndbagasje og koffert.

Før hjemreisen på lørdag var den opprinnelige håndkofferten med bøker, samt prototypen på hjulet, vel plassert i den nye kofferten sammen med diverse annet som ikke fikk plass i den nye håndbagasjen.

Det var den som veide 29 kilo og som jeg for kort tid siden sjekket inn på min direkte flight fra København til Alicante.

Det nærmer ser Innsjekking-tid og jeg tusler over til "gaten". Sitteplasser eksisterer omtrent ikke, så jeg biter tennene sammen og tar oppstilling i køen som etter hvert har dannet seg.

Køer er ikke min sterkeste side. Føler meg alltid uvel i sammenheng med køer. Det hjalp selvfølgelig ikke at flyet var nærmere en halv time forsinket. En blanding av kvalme og usikkerhet bygger seg opp.

Endelig åpner portene hvor man med innsjekking-kortets strekkode slipper videre. Sete 1A, endelig fremme og på plass.

Den vanlige henvisningen over høyttaleranlegget om at man, straks man har funnet sitt sete, snarest skal sette seg slik at andre kan komme forbi.

Etter hvert er vi alle kommet på pass, opptellingen gjort, og kabindørene både foran og bak lukkes.

Som vanlig tar jeg en rask titt i Norwegians magasin mens vi sakte bakkes ut fra gaten.

Kommer til å tenke på at jeg vanligvis når jeg flyr med Norwegian tar en titt på halepartiet for å se om jeg flyr med bildet av min stefar Max. Han ble født den 09.12.1914 og døde den 20nde september 1996. Han ville i dag vært 103 år.

Så langt har jeg sett flyet ved et par anledninger på forskjellige flyplasser, men så vidt jeg vet ikke fløyet i det.

Komfortabelt her på første rekke med vindusplass. Hyggelig norsk ektepar som skal feire julen i Spania på nabosetene.

Når tiden er inne bestiller jeg min favorittrett, biff Stroganoff med ris. I og med at jeg har en kjøretur på et par timer fra Alicante blir det vann med kullsyre istedenfor vin eller øl, samt en kaffe.

Avslappende tur uten store begivenheter og med rikelig tid til å reflektere over de forskjellige møtene og ellers treffene av mer uformell karakter.

Lander på rute, stadig lyst ute. Så det er bare å hente kofferten, komme seg til bilen å ta fatt på siste etappe.

Heldigvis relativt få mennesker i ankomsthallen, noe som betyr færre fly og derved raskere bagasjeutlevering – tenkte jeg.

Mens det stadig ble færre og færre passasjerer langs bagasjebeltet etter hvert som de fornøyd plukket ut sine kofferter og golfsett, kom jeg i et blaff til å tenke på hendelsen for fem år siden. Omtrent på samme dato, samme flyselskap og tid. Norwegian fra København til Alicante.

Kort blaff bare, men den historien kostet meg noen norske tusenlapper og masse tid takket være en blunder i forsendelsesystemet. "Reisen" havnet i min bok REFLEKSJONER III.

Rister tankene bort og registrerer at det på dette tidspunkt kun er meg og noen ganske få passasjerer igjen. Minuttet senere står jeg der alene. Er det mulig, har det hendt igjen?

Samme prosedyre som siste gang for fem år siden, men nå ved en egen skranke for "lost and found", som tar hånd om Norwegians passasjer og deres problemer.

Upåklagelig betjening fikk omgående sjekket at kofferten var registrert i maskineriet i København og at referansen var i orden. Det formelle ble ordnet og hvis jeg ringte tilbake neste dag ville de antagelig vite hvor saken stod.

Oppfølginger fra min side med det jeg har forbundet med

relevante tilleggsinformasjoner, har blitt bekreftet mottatt hver gang, tydeligvis automatisk, men med ajourførte datoer.

Jeg skal ikke plage leserne med detaljer, men nevner at jeg først fylte ut et tilsendt skjema jeg fikk etter min første henvendelse til Norwegians «Bags@Norwegian» og returnerte dette den13.12.

Den siste av tre tilleggsinformasjoner sendte jeg den 03.01, og mottok også for denne en automatisk bekreftelse på mottagelsen.

I dag er vi kommet frem til den 09.03.2018, nøyaktig tre måneder siden "forsvinningsnummeret". Ikke et ord har jeg hørt fra dem, annet enn de robotaktige bekreftelsene på mottagelsen av mine tidligere tilleggsopplysninger.

Jeg har i disse angitt verdier på koffertens og dens innhold og sendte i dag en komplett oppstilling med spørsmål om hvor saken står og hvilken prosedyre de har for avslutting av slike "forsvinningsnummer".

Nok en måned er gått uten noen form for tilbakemelding. I denne perioden sendte jeg en rekke oppfølginger, uten at de er kvittert som mottatt.

Det er helt klart kjære Kjos, (CEO Norwegian Air Schuttle) at mitt tilfelle ikke er et særtilfelle – Norwegian drukner antagelig i sin egen manglende evne til organisering når det gjelder saker som denne.

I min tid som forretningsmann fantes et begrep vi kalte kundebehandling. Den gang betød ikke det at kunden bare var et nødvendig onde for å oppnå økonomisk suksess, noe jeg har all grunn til å tro er Norwegians tolkning av begrepet.

Jeg behøver ikke strekke meg lenger enn til å ta en titt på siste utgave av vår lokale Euro Weekly News her i Syd Spania, datert 12 – 18 april 2018, hvor jeg under "Have Your Say" finner overskriften: "Norwegian flies high in air transport".

Følgende to kommentarer fra henholdsvis Robert Carter og Mark Rainy som forteller sitt: 1) They are worse than Ryanair for the come in, sit down, shut up routine. Very bad at keeping schedules from my experience with them. 2) They don't deserve it. Absolutely diabolical customer service.

I et intervju med Bjørn Kjos I Kapital nr. 6 i 2018 sier han: "Jeg prøver å reise slik at jeg skal slippe å sjekke inn bagasjen".

Kanskje det er en anbefaling han burde gi til sine egne passasjerer?

Videre gjengir de et uttrykk fra ham: "Når du jobber i business, vil du alltid måtte ta sjanser. Det hører med til de strategiene man velger. Hvis du ikke tør feile, har du ingen sjans".

Sikkert vel og bra, men hvor kommer kunden inn i bildet?

Artikkelen forteller at Norwegian kommuniserer direkte med målgruppen - ikke velgerne, men kundene. Så vet vi det, vi som har erfaring med deres form for kommunikasjon.

Siste ord har jeg forhåpentligvis enda ikke mottatt fra Norwegian, men i dag, kjære Kjos, er det den 14nde april 2018 og jeg velger å sette inn følgende ord med på vegen, som jeg dessverre ikke rakk å få med I min siste bok WORDS FOR THE ROAD II, men som kommer med i den neste og takk kjære Kjos, den ble for et par dager siden trigget med tanke på deg og din organisasjon.

"Den forretningsleder som ikke setter kunden i høysetet – vil før eller senere måtte ta de negative konsekvensene som følger".

Siste gang jeg hørte fra automaten din, Bags@ Norwegian, var den 26nde mars. I hele denne perioden siden begynnelsen av Desember i fjor, 2017, har alle mine henvendelser blitt besvart av en maskin og jeg kan ikke forestille meg at noe menneskelig vesen har vært innblandet fra Norwegians side, før jeg sendte inn det tilsendte Tapt Bagasje Skjema som jeg mottok den 26nde mars, bare dager etter mottagelsen.

Selv etter det har jeg ikke hørt et ord som svar på mine henvendelser.

Så plutselig, den 9. mai, dukker det opp 1361,00 euro på

mitt kontoutdrag.

Det skal ifølge informasjonen jeg fikk den 26. mars være helt i henhold til Montreal-konvensjonen, så da har jo Norwegian alt sitt på det tørre. Verdiene av kofferten og dens innhold var mange ganger det erstatningsbeløp om ble overført. Ikke et ord har jeg mottatt annet enn overføringen som jeg oppdaget på kontoutdraget, nøyaktig seks måneder etter flyturen.

Jeg takker så meget.

At jeg var så dum å sende verdier utover vanlige reiseeffekter som bagasje er selvfølgelig min egen feil og spesielt at jeg ikke har separat reiseforsikring. Billetten ble betalt med et norsk kredittkort med reiseforsikring, men forsikringen gjelder visstnok ikke når den reisende er bosatt i utlandet. Nei, man skulle nok sette seg bedre inn i den lille skriften, for det er jo det man spekulerer i at i hvert fall mennesker opp i årene som meg ikke gjør.

Til orientering dekket e-mail korrespondansen med roboten 25 A4 siden da jeg kopierte den over til denne refleksjonen. Ikke at jeg tenkte at den skulle følge refleksjonen, men det kan hende noen i fremtiden vil finne det interessant å lese om et eksempel på hvordan ting ble behandlet av Norwegian i 2017 -18.

Livet går videre, denne refleksjonen dreier seg ikke om tapte verdier i form av jordisk gods, men det er skremmende å registrere hvor skakkjørt relasjonene synes å ha blitt i mange forhold i samfunnet.

Jeg må for øvrig tilføye at min egen erfaring med selve flyturene med Norwegian, er helt på linje med det man kan forvente. Men igjen, som Kjos nevner i intervjuet med Kapital: "Jeg prøver å reise slik at jeg skal slippe å sjekke inn bagasjen". Kanskje han selv har hatt dårlige erfaringer og så må man ikke glemme at det er lett å legge skylden på andre. Det er jo, så visst jeg vet, ikke Norwegian som holder sin beskyttende hånd over bagasjebehandlingen.

SYPRESSEN

2017

Første gang jeg fikk øynene virkelig opp for dette staselige treet, Cupressus sempervirens, Middelhavssypressen, var under mitt opphold i Italia fra 1956 til 1958. Etter at jeg var ferdig med min første del av utdannelsen som teknisk instruktør ved *Olivettis fabrikker i Ivrea i Nord Italia, bar det til deres kommersielle skole i Firenze.

Adressen hvor skolen holdt til og hvor jeg skulle bo var Via Bolognese 106.

Hvis jeg husker riktig, disponerte Olivetti over følgende villaer: Villa La Pietra, Villa Coletta, Villa Sosetti og Villa Natalia, alle omgitt av et virkelig imponerende parkanlegg.

Første gang jeg kom dit ble jeg stående og måpe. Jeg skulle bo i Villa Natalia, som grenser direkte til Via Bolognese, mens selve skolegangen skjedde i en av de andre store villaene.

Komplekset var på den tid Olivettis kommersielle skole.

I alle retninger kunne man se vel-vokste sypresser, antagelig plantet på samme tid som bygningene ble oppført, antagelig i siste halvdel av 1600. Treet kan visstnok bli 1000 år gammelt og nå en høyde på 35 meter.

Etter hvert som jeg fikk etablert meg, og spesielt etter at Vespaen ble byttet i en Lancia Aprilia 1949 modell, ble det til at weekendene ble brukt til å utforske omlandet.

Jeg fikk mitt førerkort i Firenze på attenårs-dagen den 14. Mai 1957, ganske kort tid etter at jeg kom dit.

Hvor man enn tok turen, med utgangspunkt fra skolen, ble man alltid møtt med disse storslagne, majestetiske sypressene.

Et yndlingssted for besøk var Fiesole. Det var bare å følge Via Bolognese videre oppover fra der jeg bodde, til man nådde dette herlige stedet. På veien passerte man en rekke utsiktsposter, hvorfra man kunne nyte den herlige byen med elven Arno og Ponte Vecchio, samt den karakteristiske Duomoen.

Ikke snakk om boligblokker langs den ruten.

Store herskapelige villaer med gigantiske smijernsporter og med vel-voksne sypresser i alle hager, kranset ruten helt til man nådde Fiesole.

Av alle steder jeg har vært i Italia, står dette for meg som noe helt spesielt.

Merkelig nok, jeg kom aldri tilbake til Fiesole, til tross for at jeg har vært på de kanter flere ganger siden.

For alt jeg vet kan det hele være forandret i dag, men egentlig tviler jeg på det. Italienerne er flinke til å ta vare på sin kultur.

Fiesole var en opplevelse i seg selv, med blant annet sitt antikke amfiteater. Et typisk sted hvor bilen parkeres og man orienterer seg ved hjelp av apostlenes hester.

Igjen ser jeg for meg store sypresser i alle retninger, de hørte på en måte hjemme der de majestetisk inntok en naturlig del av bildet.

Toscana, med Firenze som utgangspunkt, er nok for meg den delen av Italia jeg synes best om.

Jeg har hatt gleden av å besøke området flere ganger og kan aldri bli mett av inntrykkene.

Rett utenfor landsbyen Greve i Chianti, på vei opp mot Lamole, ligger en ærverdig gammel villa kalt "Villa Vingnamaggio". Eierne, som selv bodde der sist jeg besøkte stedet, driver ved siden av vinproduksjon, et hostal av ypperste klasse, som er verdt et besøk.

Filmen "Stor ståhei for ingenting", basert på skuespillet med samme navn, skrevet av William Shakespeare, skjedde på dette praktfulle stedet. Etter min mening en helt herlig film i den romantiske sjanger.

Veien til Lamole, som går gjennom eiendommen, er anlagt med en hekk bestående av kjempe-sypresser. De ble tydeligvis plantet så tett ved siden av hverandre, at de i dag danner en ugjennomsiktig kjempehøy mur langs hele eiendommen.

Det finnes sikkert noe lignende andre steder, men jeg har aldri sett det, og hvor ellers ville man oppleve en sånn helhet.

Hadde det ikke vært for at vinteren i Toscana kan være både kald og snøfylt, ville nok det vært stedet jeg ville valgt å tilbringe pensjons-tilværelsen.

De uendelige åskammene med sine små karakteristiske landsbyer, og med vinranker og oliventrær i alle retninger samt staslige "villaer" omgitt av kjempestore sypresser, gir en et inntrykk av at tiden har stått stille.

Kan ikke forestille meg et sted hvor sjelen kan finne bedre hvile.

Vel, det ble ikke noen pensjons-tilværelse for meg i Toscana.

Klimaet i Syd-Spania, samt en rekke andre omstendigheter gjorde at jeg havnet der.

Inntrykkene jeg fikk av sypressene i Italia må ha festet seg spesielt godt, for det varte ikke lenge etter at huset i Cabrera ble bygget, før min kone og jeg plantet de første sypressene. Det startet med et par i innkjørselen og deretter den som fikk plass til høyre for heistårnet.

Tårnet er femten meter høyt og danner den eneste inngangen til selve huset. Den lille sypress-busken som vi plantet i slutten av nittiårene, har nå grodd til å bli vel syv meter høy.

Det har med andre ord tatt den rundt tjue år å nå halvveis til toppen av heistårnet, og følger den samme takt blir det antagelig barnebarna som en dag vil finne det spennende å ta en tur innom for å se om den har klart å nå toppen av tårnet og kanskje til og med passert dette.

Nå er det nesten ti år siden vi flyttet fra huset, men minne-

ne fra den gangen den spesielle sypressen ved siden av heistår-
net ble platet, vil aldri forsvinne.

*Olivetti var den gang en meget betydningsfull kontormaskinfabrikant.
Max Manus Kontormaskiner var deres generalagent i Norge fra 1953
frem til 1967.

TILFELDIGHETER
2016

Hvordan i all verden kan det ha seg at noe så viktig som tilfeldigheter enda ikke har fått sin refleksjon. Overskriften har stått klar i minst et par år og i vårdagene i 2018 la jeg siste hånd på utgivelsen av min bok ORD MED PÅ VEIEN – 114 korte refleksjoner, som helt uten tanke for denne refleksjonen er dedikert til "Tilfeldighetene".

Antagelig er det ikke vanlig at en bok blir dedikert til noe så abstrakt, i betydningen fjernt.

Som man ser er "Tilfeldigheter" datert 2016. En serie tilfeldigheter har skjedd siden den gang, men antagelig har jeg ikke vært motivert til å gripe fatt i dem å sette dem på papiret. Det kan også være at det har vært så mange av dem at det derfor har vært vanskelig å komme i gang.

Hvorfor jeg tar fatt i nettopp denne episoden er rene tilfeldigheter og at det skjer i en meget stresset og spesiell periode er kanskje også noe av årsaken.

Valget mellom å ta fatt på vår togreise som skulle danne feiringen av vårt tjue års ekteskap, eller ikke, ble heldigvis ganske lett. Billettene hadde vi bestilt lenge før min kone for snart tre måneder siden fikk slag. Lang historie kort, det gikk heldigvis tilsynelatende bra og vi er nå på rekonvalesens-stadiet. Legene gav grønt lys for at vi dro, bare medisinene ble inntatt og selvfølgelig at hun selv var motivert for turen.

Den siste tilfeldigheten skjedde den 14nde juni i år 2018, dagen før vi skulle på vår store togtur med "Al Andalus" gjennom Extremadura.

Hus-alarmen hadde slått seg vrang dagen før og vi trengte

omgående service for ikke å måtte forlate leiligheten ubeskyttet. Det ble selvfølgelig stress med tiden, men det hele ordnet seg til slutt, bare timer før vi skulle dra.

Samme kveld, vi skulle fly fra Almeria til Sevilla sent på ettermiddagen den 15nde, oppdaget jeg at min Omega klokke hadde stoppet. Underlig, var batteriet utbrent? Min kone mente bestemt at det ble skiftet i Oslo mens vi var der i August i fjor. Ifølge meg må det ha vært for to år siden, men den diskusjonen lot vi ligge.

Her var gode råd dyre. Man får ikke skiftet batteri på en Omega hvor som helst og i hvert fall ikke der vi bor.

Fredag og markedsdag i Garrucha. Enormt mange mennesker grunnet at ferietiden allerede har begynt og som vanlig var det så godt som ingen parkeringsmuligheter å finne. Min kone, som ikke kan kjøre bil enda etter slaget, hadde en omgang "radiofreqiencia" i Garrucha, så etter å ha levert henne til "Liliana", fant jeg endelig en parkeringsplass og vandret fortrøstningsfullt til den forretningen som jeg mente hadde skiftet batteriet siste gang, før det ble gjort i Oslo i fjor eller forfjor. Ettersom det var markedsdag fant jeg døren låst – det var tydelig at innehaveren ikke så forretningsmuligheter i å holde åpent på markedsdagene.

Nå er det ikke slik at jeg er uten klokker. I safen har jeg liggende en Callaway klokkepremie fra en golfturnering, en Swatch som jeg ikke husker opprinnelsen på og en Rado, mekanisk selvopptrekkende. Jeg hadde alle med i lommen, da det i hvert fall måtte være mulig å få liv i en av dem. Det å være uten klokke i en uke på reise var så godt som utenkelig, spesielt sett fra situasjonen vi befinner oss i med min kones tilstand og hvor hennes klokke ikke har tallangivelse og at hun derfor på mine spørsmål ofte bommer med minst en time frem eller tilbake. Så siste utvei ville være å kjøpe en ny.

Med døren låst hos den eneste jeg kunne tenke meg som hadde mulighet til et batteriskifte, vandret jeg slukøret gjennom noen smågater tilbake mot parkeringsplassen nede ved havnen.

Idet jeg kommer ut fra en smal gate for å krysse Garruchas strandpromenade får jeg plutselig øye på min Irske venn Allan, med sin "cap" og lille ryggsekk. Han er en av dem som en rekke ganger har gått den såkalte pilegrim-turen til Santiago de Compostella fra forskjellige utgangspunkt, og som vi har kjent i mange år.

An-pusten forteller jeg om stressfaktoren med de siste dagers oppbygging mot vår togtur og min kones tilstand, og avslutter med et raskt resyme av min klokkeopplevelse.

Først tilbake mindre enn femti meter og deretter vel hundre meter til høyre, forklarer han, på venstre side på hjørnet, ligger det en gullsmedforretning hvis innehaver er klokkespesialist. Han skulle ifølge Allan, som bor i Garrucha, holde åpent på markedsdager.

Og riktig nok, Ikke før hadde jeg fått konstatert at Omegaen kunne han intet gjøre med og heller ikke med Radoens mekanikk, som lå langt utenfor hans kompetanseområde, nikket han anerkjennende til å kunne skifte batteri i de to andre.

En halv time senere hentet jeg Callawayen og Swatchen, begge med nye friske batterier.

Jeg hadde lovet å ringe Allan å fortelle om rådet førte til suksess, noe jeg selvfølgelig gjorde straks jeg hadde hentet min kone fra hennes behandling hos "Liliana". Med alle hans gode ønsker om en fin tur bar det hjem for å laste kofferter i bilen.

Alt klart for den store togturen.

Vel ute på motorveien, på vei mot Alicante, spurte min kone forsiktig om det ikke var fra Almeria vi skulle fly? Flyplassen i Alicante ligger to timers kjøring fra oss, i motsatt retning av flyplassen i Almeria, som vi når på rundt tre kvarter.

Er det nødvendig å nevne at spørsmålet, uten kommentar fra min side, ble besvart med raskeste avkjøring til høyre og med stopp på dertil egnet sted for sjekk av billettene.

Minutter senere befinner vi oss i motsatt retning på motorveien.

Stress, som det naturlig nok har vært mye av i det siste, gir seg mange utslag. Ved en ren tilfeldighet skulle det vise seg at denne misforståelsen fra min side skulle redde oss fra konsekvensene av en annen blunder jeg var ansvarlig for.

Etter rundt tjue minutters kjøring mot Almeria, hvor jeg konsentrert sjekket hjernen etter andre bommerter, gikk det opp for meg at kanskje det viktigste etter billetter og penger, lå vel forvart i nattbordskuffen der hjemme.

Det vesentligste når det gjelder min kones rehabilitering er selvfølgelig medisineringen. Videre skal det holdes kontroll med blodtrykket, som skal måles to ganger daglig. Medisinene lå vel dosert i en dertil spesiell boks sammen med pass og billetter, men hvordan kontrollerer man blodtrykket? Helt riktig, til det må man ha en blodtrykk-måler. Tenk så trygt og godt den ligger der hjemme i sin nattbordskuff, beskyttet av en velfungerende nyoverhalt tyverialarm.

Takket være distansen til Almeria i forhold til Alicante hadde vi tid til å kjøre inn i selve byen, hvor vi umiddelbart fant et apotek og fikk kjøpt det uunnværlige instrumentet.

Det burde være unødvendig å nevne at det ikke var en tilfeldighet at vi først etter innsjekking på flyplassen i Almeria, fikk gang i noen form for kommunikasjon igjen.

øTilfeldigheter:
Dra fordel av tilfeldighetene og gjør det beste ut av dem.
Husk, du kan aldri vinne over dem i kamp.
2018

VILJE
Mai 2014

I motsetning til fysisk styrke ser jeg menneskets vilje som en utrolig resurssterk egenskap.

Et viljesterkt menneske får ofte den betegnelsen nettopp fordi vedkommende står for det å ha en sterk vilje.

Man må imidlertid først rydde av veien den viljen som dreier seg om trass eller stahet, den som oftest opptrer i barn og ungdomsalderen.

Ikke det at den forsvinner hos alle som et resultat av at man blir voksen, men for dem <u>det</u> gjelder følger det uansett problemer.

Den viljen jeg først tenker på er den positive viljen, den som driver tanker og meninger fremover mot nye høyder. Viljen til å forstå er en av flere gode eksempler på den positive viljen. Kall det gjerne den banebrytende viljen.

Skal man nå mål man setter seg, uansett av hvilken karakter, må man ha viljen i orden.

Nå er det slett ikke slik at bare man har viljen i orden så når man alle de mål man setter seg.

Viljen er bare en av ingrediensene som må til, men kanskje den som til syvende og sist er en betingelse for å drive tanker og meninger fremover.

Tilbake til en av de positive viljene, viljen til å forstå.

For meg står det helt klart at ingen utfordringer kan løses uten at man har vilje til å løse dem, og skal man kunne løse dem må man forstå dem og de som er involvert.

Viljen er en kraft, som riktig utnyttet er utrolig sterk.

Mennesker som lyser av positiv viljestyrke har som regel

også forståelsen i orden.

Det er slike mennesker som er med på å drive tanker og meninger fremover.

Men, og det er viktig, det må være positiv naturlig vilje, ikke den som er påtvunget.

Viljen i seg selv kan naturlig nok, hos enkelte, være destruktiv og utslettende, hvis den settes i sammenheng med negativitet – negativ vilje.

I denne sammenheng dreier det seg om viljesvake eller viljeløse mennesker. Lite positivt kan komme som et resultat av å være viljesvak eller viljeløs.

Hvordan disse uttrykkene benyttes i det daglige har jeg liten erfaring med. Antar at uttrykkene i og for seg er ganske like når de blir fremført, men at de allikevel har forskjellig tyngde.

Er man viljesvak er i hvert fall viljen tilstede, enn om den ikke er særlig sterk. Er man derimot viljeløs, betyr det at man er blottet for vilje og i så tilfelle ligger man dårlig an til handling.

Når det gjelder vilje og forståelse blir det da slik at den viljesvake vil ligge dårlig an når det gjelder forståelse, mens den viljeløse vil være blottet for den egenskapen.

Nå ja, dette blir det selvfølgelig mye teori av. Hvordan de forskjellige av oss opplever viljen i dagliglivet forblir vel noe vi ikke bryr hjernen for mye med i utide. Det er nok av andre ting den skal bakse med.

1) *Viljen til å forstå samt ønske og tro på at man skal lykkes, er en betingelse for å nå frem.*

2) *Viljen til å forstå er fundamental. Er viljestyrken sviktende fordi forståelsen uteblir, blir resultatet haltende.*

FORSTYRRET
Desember 2018

Uten å gå nærmere inn på morgentoalettet, nevner jeg kun at ideen jeg fikk til denne refleksjonen kom fra min kone. Dette skjedde etter at teen var servert på sengen og vi som vanlig på lørdager har slått TVen på den spanske TV2 kanalen.

Klassisk musikk i alle kategorier starter dagen.

I dag er det et spansk symfoniorkester som har gitt seg i kast med Robert Shumann -1810-1856.

Ikke helt min sjanger, men vi fikk oppleve en for oss spesiell "perkusjonist", trommeslager, som håndterte en rekke instrumenter som ingen av oss hadde sett før, noe som gjorde at vi holdt oss til denne kanalen. Selve musikkstykket som ble fremført var det ingen av oss som hadde den helt store sans for.

Plutselig utbryter min kone noe om at Shumann ikke hadde det lett og videre om at han var "perturber" eller "perturbed". Totalt uten forståelse spør jeg hva hun mener. Ettersom hun er sveitsisk og jeg norsk og vi kommuniserer på engelsk, hender det rett som det er at det drypper uforstående fraser mellom oss som så må oppklares. Hennes ordforråd på engelsk er langt bedre enn mitt, så normalt er det meg som spør om hun kan forklare seg nærmere.

Hun utbryter kort at Shumann var "perturber". Hva hun mente med det ble mitt umiddelbare spørsmål, da jeg aldri hadde hørt ordet. Fransk for "perturbed", forklarte hun videre, noe som ikke gjorde meg særlig klokere. Jo Shumann led av mentale problemer, fortalte hun og hun mente at et ikke ofte brukt engelsk ord for det kunne være at: he was "perturbed".

Dialogen gikk litt frem og tilbake med forsøk på å finne en dekkende, og for oss begge forståelig definisjon av ordet. Hun hadde jo gitt uttrykk for hva hun mente, så det ble meg som fortsatte oppdagelsesferden.

Her var det bare å Google tenkte jeg, tok med meg tekoppen og satte meg foran PCen.

Klokere skulle jeg ikke bli da jeg gikk veien via norsk. Først prøvde jeg meg med perturbed, som til norsk ble oversatt som opprørt. Når jeg så prøvde meg på hva opprørt ble på engelsk fikk jeg presentert upset. På et eller annet tidspunkt i min amatørmessige måte å søke på hadde jeg kommet over ordet forstyrret, som jeg mente kanskje kunne være riktig, i betydningen mentalt forstyrret, altså ikke det å bli forstyrret. Forstyrret ble oversatt til disrupted og konfirmert den andre veien, disrupted = forstyrret. Så kom jeg til å tenke på at jeg ville valgt ordet disturbed hvis det dreier seg om fortyrrelse, og når det ble sjekket ble også disturbed oversatt som forstyrret. Jeg prøvde meg også på om det kunne ha noe å gjøre med å være forvirret, og fikk på det en forklaring at det kunne ha noe å gjøre med å være desorientert og eller opprørt. Så nær men allikevel ikke riktig.

Lang historie kort, jeg kom ikke videre, måtte krype til korset å be henne om hjelp.

Hun tar først for seg Oxford Guide to the English Language fra 1989. Der finner hun perturber forklart som gravely troubled, hvoretter hun slår opp i Petit Larousse fra 1978, hvor betydningen beskrives som disturbed greatly.

Ingen tvil, nå var vi ved målet.

Endelig fikk jeg et reelt eksempel, med en tvist, på min definisjon av kommunikasjon:

Den høyeste form for kommunikasjon er den som selv den forutsetningsløse kan benytte og ha glede av.

KRISEMAKSIMERING

November 2018

For en uke siden fikk jeg en mail fra en venn i Norge som lurte på om vi var berørt av de store ødeleggelsene i vår nærmeste by Garrucha, nede ved Middelhavet, ti minutters kjøring fra der vi bor. Vedkommende hadde sett på nyhetene at nettopp Garrucha hadde vært sterkt berørt av de store nedbørsmengdene.

Riktignok hadde vi hatt noen timers kontinuerlig sterkt regn og ettersom jorden ikke hadde sett vann på mange måneder, dannet det seg raskt store vannmengder på steder som ellers er knusktørre.

Det går ikke en dag uten at vi kjører gjennom Garrucha med sine nærmere 9000 innbyggere, hvor vi blant annet har vår postboks.

Det sterke regnskyllet skjedde sent om kvelden med både lyn og torden og da vi neste dag kjørte ut av urbanisasjonen, var broen over den lille elven som går der, og som det ellers ikke er noe vann i, oversvømt. Vi kunne ikke se selve broen, men bare elven som var gått over sine bredder. Vi måtte passere med vann til mitt opp på hjulene. Det samme skjer hvert år på denne tid og varer normalt ikke mer enn en dag, så vi regner ikke det som en av de store begivenhetene.

Etter at avisen var kjøpt der vi alltid kjøper den, fortsatte vi de få minuttene til selve Garrucha. Ettersom byen bare er noen få hundre meter bred, men til gjengjeld nærmere to kilometer lang, og grenser mot Middelhavet, er den del som går innover i landet stigende fra havnivå til et sted rundt femti meter.

Det betyr at alle tverrgående gater blir som elver å regne ved kraftige regnskyll.

Det samme hadde skjedd kvelden og natten før. Vi kjørte strandpromenaden som vi alltid gjør når vi skal ta en titt i postboksen. Postkontoret ligger i første kvartal inn fra denne.

Vi legger straks merke til at der hvor alle tverrgatene ender opp i strandpromenaden, var det oppsamlet en del sand og grus, som et resultat av at alle i løpet av kvelden og natten hadde gitt slipp på det meste som var løst. Ellers så vi ingen tegn til ødeleggelser av noen art og alt så ut til å være ved sitt normale.

Hvis dette kvalifiserte til de store nyhetsoppslagene på norsk TV, må reporterne ha lite skremmenyheter fra denne kant av verden.

Falske nyheter har selvfølgelig eksistert i uendelige tider, men er blitt sterkt aktualisert etter Donald Trumps inntreden i politikken og derved i de forskjellige nyhetsmedier.

Den som ikke har fått med seg at vi presenteres for store mengder såkalte: fake news, kan umulig ha fulgt godt med når de tilegner seg nyheter, det være seg så vel skriftlige som billedlige.

Selvfølgelig er det bare naturlig at nyhetsreportasjer på TV viser de verste eksemplene, det er jo det det konkurreres om i de kretser – det å være først med reportasjer som seerne ønsker seg. Det er vel ellers liten tvil om at de fleste av oss velger de kanalene som vanligvis viser de verste situasjonene. Det er sjelden, hvis det i det hele tatt skjer, at man blir informert om at eksempelet som vises er det verste og kanskje det eneste. Man har jo ikke gjort noe kriminelt ved å unnlate å fortelle oss at i den store sammenheng er det de verste eksemplene det fokuseres på.

Krisemaksimering er heller ikke uvanlig i en annen sammenheng. Personlig har jeg en tendens til å fremmane det verst tenkelige når noe skjer. Antagelig er det en skjult måte å være

forberedt på. Andre har sikkert den motsatte reaksjon, altså å
se det hele fra vinkelen at det helt sikkert ikke er så alvorlig.

Ellers er uttrykket: "å skrike ulv" ganske kjent og de fleste
mener vel at det har mye for seg?

OM MENINGER OG DET Å HA RETT

November 2018

Før i tiden var det viktig for meg at folk oppfattet hva jeg mente om ulike emner. Det var også vesentlig for meg å understreke det jeg mente var viktig, for å sikre at jeg ble forstått.

Betydningen var vel ment, men jeg tenker ofte at mye tid ble bortkastet på den måten. Jeg ble med rette ofte sitert for å bruke for mange ord når mine meninger skulle fremheves.

Ting endres med alder, eller som jeg foretrekker å kalle det, modenhet,

Kanskje jeg ikke var god nok til å formidle mine meninger, ettersom jeg ofte følte mangel på respons. En grunn til det kunne selvsagt være at mine meninger var uklare, eller ble uklart fremsatt.

Som nevnt var tilbakemeldingene, av grunner jeg ikke fant ut av den gang, ganske begrenset.

Kanskje jeg burde beholde dem, mine meninger, tettere til brystet og ikke være så opptatt av hva andre mener om dem. De har sannsynligvis mer enn nok daglig utfordringer selv og derfor nok med sine egne meninger.

Med andre ord: "alle har nok med sine egne utfordringer".

Med lærdom fra disse observasjonene bør man være realistisk overfor seg selv. Det betyr ikke at man skal satse på isolasjon eller egoisme, men kanskje være litt mer tilbakeholdende når det gjelder å uttrykke sine meninger.

Jeg tror at når alt kommer til alt er de fleste mer interessert i sine egne meninger enn andres.

Ellers er det ikke så bra med de som stadig uttrykker sine

meninger og som på død og liv skal presse dem videre på andre.

Selvfølgelig er det viktig at man har meninger og at man ikke brenner inne med dem. Nettopp det at forskjellige syn kan og skal testes, er demokratiets styrke. Talefriheten har liten mening hvis ingen benytter den.

I denne sammenheng er uttrykket: "Alle har rett ut fra sine forutsetninger", viktig. Alle har samlet informasjon og erfaring fra forskjellig bakgrunn og har dermed rett ut fra sine forutsetninger. Langt fra alle tenker at det er slik, men burde for sin egen skyld tenke på det før de slår til med motargumenter i et forsøk på å snu opposisjonens oppfatning.

Det er ikke så viktig å alltid ha rett. De fleste er av den oppfatning at har man en mening om en sak og ytrer den i en eller annen situasjon, er det av største betydning at man får overbevist den eller de man snakker med om at man har rett. Motargumenter fører som regel til at man går i forsvarsposisjon for sin mening om saken og gjør alt for å overbevise motparten om at man har rett.

Hvorfor er det så viktig for de fleste av oss å ha rett? Det er som om vi hele tiden må overbevise oss selv om at det gir en gevinst å ha rett og at det er et nederlag hvis man ikke har rett i en sak.

Hvorfor ikke like gjerne spise kamelen, hvis det er slik det føles når man medgir at andre har rett, og simpelthen ta lærdom av det.

Her er vi igjen i kontakt med uttrykket: "Sannheter er…" Når noen kommer med den frasen kan det umulig være at de mener dette bokstavelig. Gjør de det, avslører de sin egen ignoranse, hvis de ikke tilføyer: "etter min mening" før eller etter: "Sannheten er…".

Sannheten fortoner seg nok riktig for den som benytter uttrykket, men vil alltid gjenspeile vedkommendes forutsetninger når det gjelder sakens innhold.

Orddueller får vi servert i alle sammenheng og når meningen er klar, at det dreier seg om en duell med vinner og taper, er det i og for seg greit, men hvem bedømmer utfallet og kårer vinneren?

Igjen er det spørsmål om forutsetninger. Her må man se bort fra spørrekonkurranser, hvor man i hvert fall i de aller fleste tilfeller må regne med at det riktige svaret virkelig er riktig.

I politikkens verden er det spørsmål om å vinne frem med sine argumenter, her er det spørsmål om velgernes gunst. Hvor ligger sannheten i denne sammenheng?

Glem det - enhver danner sannheten ut fra sine forutsetninger.

Sannheten er, eller "the fact is", hører man blant annet i politiske debatter, hvor alle parter vanligvis utgir seg for de som ubestridt besitter patentet på å ha rett, eller som de ofte lar det skinne gjennom, at de representerer den virkelige sannheten.

Kan det være mulig at man som lytter eller seer er så ubegavet at man ikke forstår at her må man være på vakt? Eller er det slik at man tar det for gitt at den part man sympatiserer med virkelig har rett? Antagelig er det siste tilfelle, for hadde de ikke trodd på det hadde de vel heller ikke sympatisert med dem.

Sannheten er og forblir det ingen som har patent på, men å ha rett ut fra sine forutsetninger er noe vi alle kan hevde å ha, uten å vise uærlighet.

SELVBEDØMMELSE OG SELVKRITIKK

Desember 2018

Kan det være mulig at dette emnet kom til meg helt av seg selv, eller ble det trigget av noe helt spesielt?

Egentlig spiller det ingen rolle. Typisk et eksempel på noe som har ligget og ulmet, noe som underbevisstheten i all stillhet har arbeidet med over tid.

Toleransen har naturligvis i lang tid blitt satt på prøve og alle former for kompromiss man råder over har også blitt pleiet.

Hvis jeg ikke umiddelbart skyter inn at en sak eller oppfatning minst har to sider, eller parter og at jeg er meg dette helt bevisst, vil hvem som helt kunne si at her dreier det seg ikke om en objektiv oppfatning, men en klart ens-styrt subjektiv vurdering.

Klart at jeg når jeg føler meg presset heller ikke er den enkleste, men jeg har i det minste en vilje til å forsøke å bygge broer.

Hvordan man ser på seg selv eller bedømmer seg selv varierer nok ganske sterkt, ettersom vi alle er forskjellige.

Hovedtrekket er vel allikevel at vi generelt tillegger oss bedre egenskaper enn vi har, at vi mener vi er litt bedre enn vi egentlig er og at vi har et klarere syn på det meste enn de fleste. Her strutter det av gjødsel for selvoppholdelsesdriften.

Hva så med selvkritikken? Klart de fleste av oss mener vi er selvkritiske. Vi liker jo generelt ikke å bli kritisert, men kritiserer vi oss selv blir det jo bare mellom oss og vår egen samvittighet.

Ingen får vite hvor vi egentlig står. Mye god beskyttelse i

det, man blottstilles ikke så lett.

Mange befinner seg i en slik verden. De skjermer seg på den måten fra omverdenen og tror derved at alt er skjønt og grønt, og for dem det gjelder er det slik. De forblir ofte i sin egen verden, finner sin plass i hierarkiet og fungerer utmerket i helheten.

Det er områder hvor jeg mener det spesielt er på sin plass at en utøver en smul selvkritikk og det er når det gjelder ens oppførsel i det daglige. Spør deg selv om du er et menneske som vanligvis tar hensyn til andre? Tenk deg grundig om, her gjelder det ikke å dekke et stort område. Fra du starter dagen til du går til sengs møter du en uendelighet av situasjoner hvor du bevisst eller ubevisst legger igjen et inntrykk av din personlighet. Andre bedømmer deg på bakgrunn av din handlings og væremåte. Har du den holdning at det bryr du deg ikke om, kan du heller ikke forvente annet enn generell negativitet til din personlighet.

I denne sammenheng er det utrolig hvor stor betydning det ekte smilet har. Det koster så lite men gir så mye, ja, jeg velger å påstå at det skal uendelig lite til for å bli oppfattet som et hensynsfullt menneske.

Ikke at du på noen måte skal forvente at noen gir deg dette på skrift, men den garantert mest verdifulle gevinsten du kan få, er din egen god-følelse av å vite at du generelt blir oppfattet som ett hensynsfullt menneske.

La nå endelig ikke dette gå deg til hodet, du vil få mange negative følelser av ikke å bli oppfattet som den du ønsker å være, men det er jo ikke ditt problem hvis du ellers er fornøyd med det oppriktige forsøk du har gjort på å opptre mer hensynsfullt i det daglige.